身代わりの蜜月

CROSS NOVELS

秋山みち花
NOVEL:Michika Akiyama

六芦かえで
ILLUST:Kaede Rikuro

CROSS NOVELS

CONTENTS

CROSS NOVELS

CONTENTS

身代わりの蜜月

Michika Akiyama
with Kaede Rikuro

CROSS NOVELS

プロローグ

「んっ……んん……っ」

凪《なぎ》は漏れそうになる悲鳴を必死に噛み殺した。

狭い場所に巨大な杭《くい》が突き挿《さ》さり、身体が真っ二つに裂けてしまいそうだ。

懸命に胸を上下させても、激しい痛みは堪《こら》えようがない。

「んぅ……んっ……」

巨大な肉塊は、強ばる内壁を圧倒的な力で押し広げ、徐々に奥まで埋《う》めこまれる。

痛い！　痛い！　苦しい！

もう、いやっ！　これ以上はやめて！

そう叫んでしまいたかった。

でも絶対に気づかれてはいけない。何があっても絶対に。

「……つっ……」

凪は逞《たくま》しい首筋に絡《から》ませた腕で、必死に自分の口を塞《ふさ》いだ。

けれど声は抑えられても涙が溢《あふ》れるのは止めようがなかった。

でも、これが初めてだと気づかれるわけにはいかない。

自分を犯しているのはレオニードだから、苦しいなんて絶対に知られてはいけなかった。

「どうした？　痛いのか？」

深みのあるバリトンの囁《ささや》きが鼓膜を震わせる。熱い息がかかったせいで、身体の芯まで小刻みに震えてしまう。

レオニードは気遣うように動きを止め、凪は痛みを堪えて潤《うる》んだ目を見開いた。

「……な、……んでもない……大丈夫……」

「本当に？　大丈夫なのか、ナギ？」

心配そうに訊《たず》ねられ、凪は懸命にレオニードにしがみついた。

「んっ……ちょっと……きつかっただけ……でも、大丈夫だから」

胸を喘《あえ》がせながら声を絞りだすと、レオニードはほっとしたように息をつく。

「それなら、ゆっくり入れるから、無理だと思ったら、ちゃんと言いなさい」

「ん……っ」

苦しかった。

レオニードは信じられないほど大きくて、動きを遅くされたのがかえってつらかった。

これなら、一気に貫いてもらったほうがよかったかもしれない。そのほうが一瞬で痛みが終わるかもしれないのに。

「ナギ、かわいいナギ……」

「んっ、ぅぅ……っ」

油断すると今にも叫んでしまいそうだったから、きつく唇を噛みしめて声を殺す。

澄みきった青い瞳が、じっと自分を見つめている。でもその青い目が本当の意味で凪を見ることはなかった。

だからレオニードは、目の代わりに指で触れて凪を知ろうとする。

レオニードの熱は最奥まで届いていた。ぎちぎちに開かれた場所は優しい動きでもきしみを立てる。

涙が溢れて止まらなかった。

でも、泣いているのも知られてはいけないのだ。

身体中引き裂かれるような痛みで、どこにも力が入らなかった。それでも凪は必死に両方の腕を曲げて涙に濡れた顔を隠す。

「ナギ、どうした？　おまえの声をもっと聞きたい。我慢しないで声を出すんだ」

何も知らないレオニードは、焦《じ》れたように腰を突き上げてくる。

「……んっ……！」

ひときわ奥深くまで巨大な肉塊をくわえこまされて、凪は大きく仰《の》け反った。

だがレオニードはさらに結合を深くしようと、凪の細い腰をつかんで自分のほうに引きよせる。悲鳴を上げることすらできず、凪はただがくがくと首を振った。

レオニードはゆったりと律動を再開する。決して乱暴な動きではなかったが、初めての凪にはきついだけ。どうしようもなくて、レオニードに縋《すが》りついているしかない。

自分から望んだのだ。

レオニードに抱かれたいと思ったのは自分からだ。

たとえレオニードが他の恋人を抱いているつもりでも、今の彼は凪だけのもの。

だから……後悔はない。決して後悔なんかしない。

「かわいいナギ、おまえのすべてはわたしのものだ」

甘く鼓膜を擽《くすぐ》る囁きに、胸の奥が絞られたように痛くなる。

レオニードが呼ぶのは自分の名前じゃない。

愛しているのも渚《なぎさ》であって、自分ではない。

けれど運命はどこまでも残酷で、身代わりで抱かれているだけなのに、こんな時になって身体の奥が反応し始める。

逞しい肉塊をくわえこんだ中が痺《しび》れたようになり、動かれるたびに少しずつとろけていく。

「あ……レオ……ニード」

「どうした？　気持ちいいなら、もっと声を出して」

命じられたと同時に、硬い切っ先でひときわ強く敏感な壁を抉《えぐ》られた。
「ああっ！　……っ」
凪はとうとう高い声を放った。
突かれた場所から恐ろしいほどの刺激が生まれ、身体中に伝わっていく。
いつの間にか痛みが薄れ、代わって甘い痺れが湧き上がってくる。
レオニードが抱いているのは渚。
自分を抱くのはきっとこれが最初で最後だ。
それでも好きだから、レオニードと深く繋がっているこの瞬間は誰にも渡したくない。
「あっ……あああっ」
凪は連続して嬌声を上げながら、ますます必死に自分を犯す男にしがみついた。
胸の奥に大きな傷を負いながらも、懸命にレオニードに抱きついた。

1

石畳の中庭には明るい陽の光が燦々《さんさん》と降り注いでいた。

頭上を仰《あお》ぐと、石壁で四角く切り取られた背景いっぱいに真っ青な空が広がっている。爽《さわ》やかな新緑の季節とあって、頬を嬲《なぶ》る風も心地がよかった。

藤崎《ふじさき》凪は両腕で重いピアノの楽譜をかかえながら、深く息を吸いこんだ。

プレーンなシャツを着た姿はほっそりとして、涼《すず》しげな目元が印象的。艶《つや》やかな黒髪を微風になびかせた凪は、派手さこそないものの、充分に人目を引く容姿をしていた。

都心にある建物の中だが、風にはかすかに花や木々の匂いが含まれている。

その甘さを満喫しようと、うっとり黒い瞳を閉じた時、凪は後ろからぽんと肩を叩かれた。

「凪、久しぶり！　元気にしてた？」

耳に馴染《なじ》み深い懐かしい言葉を聞いて、凪は口元をほころばせながら急いで振り返った。

「渚さん？　ほんとに久しぶりですね」

凪を呼び止めたのは、同じ音楽大学のピアノ科に席を置く日本人留学生の本庄《ほんじょう》渚だ。

ちょうど午後の講義が終わったばかりで、中庭には他にも大勢の学生たちが出てきている。凪はほっそりした渚と肩を並べて、出口へと歩き始めた。

「今、講義が終わったとこ？」

「ええ、音楽史の講義。渚さんは？」

「ぼくはインザーギ先生のレッスンが終わったとこ。ショパンのポロネーズやってるんだ」

おしゃれな白のデザインシャツにベージュのカジュアルなジャケットを重ねた渚は、きれいな顔立ちの学生だった。誰にでも優しく明るい性格で、大学でも人気者の渚は、顔見知りの学生たちから声をかけられるたびに、にこっとした笑みを浮かべて気軽に挨拶《あいさつ》している。

だが、その渚は大通りへのアーチの前で立ち止まり、さりげない調子で訊ねてきた。

「凪、明日からロッソ教授の演奏旅行に同行するって聞いたけど、ほんと？」

「そうなんです。一週間の予定でトリノまで。途中の町で毎日演奏会をやるって」

渚が知っていたことに軽い驚きを覚えたが、凪は簡単に説明した。

「それって、ちゃんとバイト料とか出るの？」

「ええ、そう聞いてます」

「だけど、トリノまで一週間もじゃ、ちょっと大変だね」

突然沈んだ声を出され、凪は渚のきれいな横顔を窺《うかが》った。

渚は日本の音楽高校に通っている頃から知り合いだ。二十歳の凪より一つ年上の先輩になる。

しかし同じミラノの音大に留学中とはいえ、ピアノ科一番の華麗なテクニックを誇る渚と凪とでは、何もかもが違っていた。

渚は半年前に行われたコンクールで入賞を果たし、すでにプロの演奏家としても認められているが、凪の実力はまだまだ遠く及ばない。

だから忙しい渚とはそう頻繁《ひんぱん》に会う機会もなく、こうして並んで歩くのも久しぶりだ。

そしてもう一つ、凪がこの音大でピアノを学べるのは、渚のお陰だといってもよかった。コンクールで高額の賞金を獲得した渚が奨学金を辞退し、その分が凪にまわってきたという経緯があるのだ。

幼い時に交通事故で両親を亡くした凪は祖父母に育てられた。本来なら、莫大な費用がかかる留学など望める立場ではなかった。けれど、亡くなった母は声楽家、父がピアニストだったせいで、凪も幼い頃から音楽家になりたいという夢を持っていた。

クラシックの本場ヨーロッパの中でも、両親は特にこのイタリアという国が大好きで、凪が尊敬してやまないピアノの巨匠、インザーギ教授もミラノにいる。

だから凪は短期間でもいいからこの地で音楽を学びたいと、一年近くもバイトに精を出してこのミラノへとやってきた。そしてその三ヶ月という短い留学が終わろうかという時に、渚が突然奨学金を辞退したのだ。

渚と、もう一人、大学側に強く推薦してくれたインザーギ教授がいなければ、凪は留学期間を延ばせなかった。だから渚にはとても感謝している。

「何か、問題があるんですか？」

心配になった凪は眉をひそめて訊ね返した。

渚のきれいな顔には何かをためらっているような表情が浮かんでいる。

「凪……あのさ、ロッソ教授には色々と噂があるの、知ってる？」

渚はくるりと向きを変え、凪の正面に立った。

身長はほぼ同じ。渚のほうが一、二センチだけ高い。そしてほっそりした体型だけではなく、凪は顔立ちも渚とよく似ているといわれることが多い。

真っ白な肌にさらりと丁寧《ていねい》にカットされた黒髪。切れ長の黒い瞳と形のいい鼻。滑《なめ》らかな額にふっくらとした唇。渚を形作るものは一つ一つが美しく、またすべてがきれいに調和している。

それに比べれば凪の顔立ちなど平凡そのものだ。子供の頃は、女の子みたいでかわいいと言われたこともあるけれど、渚の華やかさには遠く及ばない。それに髪だって美容院には行けないので、自分で切っているくらいだし、新しい服などもここしばらくは買ったこともない。

自分では渚と似ているところはどこにもないと思うが、イタリアの学生からすれば、東洋人は皆同じ顔に見えるのだろう。

「ロッソ教授の噂って、なんですか？」

「うん、まあ、その……」

渚は言いにくそうに口を濁《にご》した。それと同時に、何故《なぜ》か後ろめたそうに視線もそらされる。

凪にはそれだけで渚が何を心配しているのか見当がついた。

ロッソ教授は名の知れたピアニストで、大学でも絶大な力を持っている。そして五十に近い教授には、若い学生に手を出すという噂が絶えなかった。しかも対象は女の子ではなく男子学生だ。

留学を続けられることになった凪だが、一つだけ期待どおりにならないことがあった。

憧れ続けていたインザーギ教授は弟子《でし》をかかえすぎており、定員オーバーで、凪はロッソ教授のレッスンにまわされてしまったのだ。

もちろん贅沢《ぜいたく》を言える身分ではないし、せっかく与えられたチャンスをふいにするつもりもなかった。凪は二年という留学期間中に、できるだけイタリアの音楽を学びたいと思っている。

しかし奨学金だけで生活していくのは正直言って苦しく、楽譜代にもけっこうお金がかかる。

だからこそ凪は教授の演奏旅行にもバイトとしてついて行くことになっているのだ。

少しぐらい不安要素があっても、やめにするわけにはいかない。

「渚さん、大丈夫です。ぼくのことなら心配しないでください。ロッソ教授がどんな人でも、自分でなんとかします。それにぼくは教授の弟子ですから」

凪は楽譜をかかえた腕に力を入れ、きっぱりと告げた。

渚はほっとしたように微笑んだ。そして凪を力づけるように両肩に手を置く。

「凪がそう言うんなら大丈夫か……それに実はぼくも来週、ピエスモンテ州に行くんだ」

「え？」

「レオニードの城がトリノの近くにあって、そこでサロン・コンサートをやるからって、招待されたんだ」

「……レオニード？」

聞いたことのない名前に凪は首を傾げた。

イタリア人の名前なら、普通は『レオナルド』だろう。『レオニード』はロシアふうの響きに聞こえる。

「悪い、レオニードって、バルデッツリ家の当主の名前……」

「えっ、バルデッツリ家って、もしかして渚さんがコンクールで入賞した時の？」

凪は目を見開いた。

『バルデッツリ・ピアノコンクール』——それが、渚が優勝を果たし、奨学金を得たコンクールの名前だ。

「バルデッツリ家はサヴォイア王家ゆかりの家柄らしく、ついでに途方もない財閥なんだ。何しろ城に住んでるっていうから」

「お城？」

思わず訊《き》き返した凪に、渚は力強く頷《うなず》く。

「昔は伯爵だったって話だよ。だから今でもお城に住んでるみたい。それでバルデッツリ家の当主は、あちこちの文化事業の主宰とかも務めてるんだ。今度のコンサートもチケットの売上は慈善団体に寄付されることになってるらしい」

「それにしてもすごいな、渚さん。お城でサロン・コンサートだなんて……」

「うん、ぼくもものすごくラッキーだったなって思ってる。規模はそんなに大きくないんだけど、招待されてるお客さんはイタリアでも有数の名士ばかりらしいんだ。コンサートは一回だけなんだけど、終わったら一緒に休暇を過ごそうって誘われてるし。レオニードは本当に素敵な人だから、ぼくもすごく楽しみにしてるんだ」

嬉しげに話す渚を凪は眩《まぶ》しくなるような思いで見つめた。

『レオニード』と、バルデッリ家の当主をファーストネームで呼ぶ渚は、うっとりしたような目つきになっている。

「渚さん、もしかしてその人のこと……？」

凪はふと思いつき、さりげなく訊ねてみた。

さすがに、好きなんですか？　とまでは訊けなかったが、渚の頬が赤く染まっていくのを見れば、答えは最初から明らかだ。

「どうして、わかった？」

慌《あわ》てたような渚に、凪はにっこり笑って指摘した。

「だって渚さん、ほんとに嬉しそうだし、ふわふわ雲の上でも歩いてるような感じですよ？」

「そっか……でも凪、恋の相手が男性なんておかしいと思わない？　ぼくのこと軽蔑しない？」

「そんな、軽蔑なんてするわけないじゃないですか」

渚が不安げな様子を見せたので、凪は慌てて手を振った。

繊細で整った顔立ちは女の子よりもきれいだと思う。渚ならば、恋の相手が男性でもおかしくない。

それに渚はピアノでも、バルデッリ家の当主に認められている。二人がピアノの音を介して恋に落ちたのなら、これほどロマンチックな話は他にない。

たった一つしか年が違わないのに、渚はサロン・コンサートでピアノの演奏、そのあとは恋人と楽しい休暇。自分は身の危険があるかもしれない、教授の鞄持ち。

比べても仕方がないことだが、凪は内心で思いきりため息をついた。

でも自分だってこれからの頑張り次第だ。恋人を作るのはともかくとしても、うんとピアノを練習して、いつかは渚のように皆に認められるピアニストになりたいと思う。

「渚さん、今度会った時、その人のこと、もっと色々聞かせてくださいね。絶対ですよ？」

「うん、わかった……凪も、頑張れよ。教授が迫ってきても負けるなよ。ぼくも陰ながら応援してるから」

「ありがとう、渚さん」

凪が明るい声で礼を言うと、渚は気軽に手を上げてきびすを返す。

颯爽《さっそう》とした後ろ姿を見送って、凪もまた帰途についた。


翌日のこと——。

凪はロッソ教授の運転する車でミラノをあとにした。

最終目的地はピエスモンテ州の州都トリノだが、途中で何ヶ所かの町によってコンサートを開く予定になっている。

最初の訪問先は歴史的な香りを色濃く残す小さな町で、石造りの古い劇場でのピアノコンサートだった。

教授にはとかく噂があるが、その分情熱的な性格なのか、演奏のほうもかなり華やかだ。凪が理想とするのはもう少し洗練されたインザーギ教授とか、その愛弟子《まな》である渚タイプのピアノだったが、それでもステージの袖から聴いていると、教授の奏でる素晴らしい音楽に引きこまれてしまう。

凪の役目は、教授の着替えを手伝ったり、他の細々した雑用を片づけたりと、いわば付き人のようなものだ。

コンサートが終わったあと、町の小さなレストランで教授と一緒に夕食を取る。

凪が頼んだバーニャカウダはこの地方の名物料理で、温野菜をアンチョビの効いたソースにつけて食べる。独特の風味がとても美味《おい》しくて、これなら教授のお供もそう悪くないと思う。

けれど問題が起きたのは、その食事の最中だった。

演奏が好評で気分をよくした教授は何杯もワインのグラスを重ね、渚が心配していたように凪を口説き始めたのだ。

「ナギ、君は本当にかわいいね。真面目に手伝ってくれるし、君を連れてきて本当によかった。満足しているよ」

「ありがとうございます」

調子のいい言葉を重ねる教授に、凪は用心深く答えた。

「君はわたしの弟子の中でもまぁまぁの腕を持っている。だがピアノは毎日鍵盤に向かっているだけじゃ上達しない。君の音楽に足りないのはなんだと思う？　情熱だよ、情熱。よければ今夜、君にそれをたっぷりと教えてあげようか？」

小太りの教授はそう言って、茶色の目をぎらつかせる。

凪はテーブル越しでよく聞こえなかったふりで、教授の誘いを無視した。

だが食事を終えてホテルに戻ってからも、教授はしつこく凪を部屋に誘う。

「ナギ、わたしの部屋によっていきなさい。それとも君の部屋にわたしを招待してくれるか？」

「すみません、教授。旅行に出たばかりで緊張したせいか、ちょっと体調を崩しました。申し訳ないですが、明日のこともあるので、お先に休ませてください」

凪は最初から考えていたとおりの言い訳をして、自分の部屋に逃げこんだ。

息を殺していると教授の立ち去っていく足音が聞こえる。凪は閉じたドアに沿うように、ずるずる座りこみながら、ほっと息を吐きだした。

この調子で頑張れば、なんとか最後まで切り抜けられるだろう。

翌日、二日酔いで頭が痛いという教授を急かし、次の目的地に向かう。夜、誘われたのは同じだったが、凪はそれもなんとか撃退した。

教授の様子が本格的におかしくなったのは、四日目あたりからだった。凪がなびかないせいで苛《いら》立《だ》ちを募らせたのか、教会で催された室内楽の演奏でミスを連発したのだ。

「プロフェッソーレ・ロッソ、今夜はいかがなさいました？　情熱的な演奏がお得意のプロフェッソーレにしては、ずいぶんと大人しい演奏でしたね。もしかして、そこにいるかわいい恋人と喧嘩でもなさったのですか？」

コンサートが終わったあとの控え室で、教授のミスが許せなかったらしい痩身のヴァイオリン奏者が盛大に皮肉を言う。

あからさまなあてこすりに、凪のほうがびくりとなった。ただでさえ教授とのやり取りには神経を使っているのに、これ以上刺激されては敵わない。

案の定、教授は完全に気分を害したように、鋭くヴァイオリン奏者をにらんでいる。

凪は、楽しくあるべきせっかくの音楽会が、こんなくだらない争いで後味の悪いものになるのが悲しかった。そして前にも増して機嫌の悪くなった教授が怖くなる。

「ナギ、いい加減にしなさい。もうおまえも子供ではないんだ。わたしが何を望んでいるか、わかるだろう？　おまえが言うことを聞けば、わたしの力が及ぶ限りの協力をしよう。幸いなことに、おまえはまだ荒削りだが、人を魅了する音を奏でる能力に恵まれている。わたしの元で研鑽《けんさん》を積めば、そのうち世界中を相手におまえの音楽を聴かせることも可能になるんだ」

ホテルに戻り、部屋に入る寸前で、教授が駄目押しのように言う。

凪は黙って首を横に振った。

ピアノを勉強したい気持ちに変わりはないが、教授の言いなりになることで、いい音楽を奏でられるとは思わない。そんな音では人を感動させられないと思う。

「ナギ、いいな？」

「い、いやです！」

すうーっと教授の手が伸ばされて、凪は思わず後ろに飛び退いた。その拍子にドアノブに手が触れ、あとは夢中で部屋に駆けこむ。

「ナギ！　ナギ、開けなさい！」

バタンと閉じたドアの向こうで教授の喚《わめ》く声がする。凪は両手で耳を塞ぎながら、ぺたりと床に座りこんだ。

最悪だったのはその翌日だった。

コンサートは残りあと二日。ここまでなんとか凌《しの》いできたのだ。あと少しでミラノに帰ることができる。だが教授は朝ホテルを出発する時から不機嫌さを隠そうともしない。

「何をぐずぐずしているのだ。早く乗れ、目的の町までは遠い。昼までに着かないと、リハーサルもできないだろう」

「は、はい」

凪はびくりとなりながら助手席に収まった。

本当はもう教授を放りだして逃げてしまいたかった。ミラノにさえ戻れれば、あとでどんなに怒られてもいい。

けれど、車で移動と決めてあった旅だ。この町から列車を乗り継いで帰るのは恐ろしく手間がかかるうえ、レンタカーを借りようにも、凪はたいして所持金を持っていなかった。

「行くぞ」

声をかけた教授は苛立たしげに赤の小型車をスタートさせた。

「教授、危ないですよっ、そんなスピードで！」

いきなり猛スピードを出した教授に、凪は悲鳴を上げた。

小さな町で石畳の道路もさほど広くはない。それなのに教授はめちゃくちゃに乱暴な運転を始めたのだ。

幸い町中はすぐに抜け、交通量の少ない山道に差しかかる。

けれど、両親を事故で亡くした凪は恐怖にとらわれ、必死に懇願《こんがん》した。

「お願いです！　このままではぶつかってしまいます。スピード落としてください」

「うるさい！」

「教授、危ないですからっ！」

前方には次々とカーブが迫ってくる。絶望的な気分で横を見ると、教授はなんでもないふうににやりと笑っている。

「何度も喚くな。そんなに心配だったら、おまえが代わりに運転するか？」

「ぼくが、ですか？」

「そうだ、免許ぐらい持っているだろう」

「持ってますけど……」

免許は音高を卒業する時に取得した。日本を発つ時、念のために国際免許も取ってきたが、イタリアではまだ一度も運転したことがない。

けれど教授はさっさとスピードをゆるめてしまう。

路肩に車が停められた時、凪は心から安堵《あんど》した。

「運転を代われ」

「わ、わかりました」

凪は震え声で承諾した。

前に続いているのは山道だ。道幅こそ広いものの、カーブが多い。ペーパードライバー同然だった自分にちゃんとした運転ができるかどうか不安はあったが、むちゃくちゃな猛スピードで走られるよりはましだろう。

不機嫌だった教授は助手席に移ったとたん、何故だか機嫌を直していた。

内心で小さくため息をついて、凪は車を発進させた。

山はさほど高くないが、一面の緑に覆われ、こんなふうに緊張さえしていなければさぞ美しさを満喫できたことだろうと思う。

しかし今の凪は前方に注意を向けるのが精一杯で、景色を楽しむ余裕はない。運転に夢中だったせいで、隣に乗っている教授の存在さえ忘れかけていたほどだ。

そしてようやくハンドルを握ることに慣れ、急なカーブの連続が終わって、ほっと緊張が解けた時だった。

「ナギ、おまえはやはりかわいいな。ピアノを弾いている時も今と同じ真剣な顔をしている。何故おまえをわたしのクラスに入れたか、わかるか？　ナギ、わたしはおまえを特別にかわいがってやりたかったのだよ」

横から教授の手が伸びて、あろうことか下半身に触れられる。

「やっ、やめてくださいっ！」

最初は腿だった。手のひらを乗せられて、すうっと撫でさすられるいやな感触に、凪はすくみ上がった。

無意識にブレーキを踏んでしまい、がくっと急停止した衝撃で激しく前のめりになる。

「ああっ！」

「馬鹿者！　急にブレーキを踏むな。演奏会を控えているわたしに怪我をさせる気か？　それにどうしてこんな何もないところで停まるんだ？　早くしないと予定の時間に遅れる」

教授はすでに手を引いている。ちらりと盗み見た顔には笑みまで浮かんでいる。怒鳴ってみせたのは上辺だけで、最初からすべて計算ずくの行為なのだ。

抗議などしても無駄なだけだと、凪は唇を噛みしめた。

だが、いくらなんでも運転中にこれ以上のことはしてこないだろう。自分だって危険と隣り合わせになるのだから。

とにかく目的地に着くことが先決だった。そして次の町に到着したら、今度こそ教授の元を離れ一人でミラノに帰ろう。

そう心に決めた凪は再びアクセルを踏みこんだ。

しばらくは何事も起きなかった。

車はうねるような丘陵地帯を走っていた。ゆるやかなアップダウンとカーブが続く。山道の時とは違ってさほど危険な感じはしない。むしろ牧場でのんびり草を食《は》んでいる牛や、一面の花畑の鮮《あざ》やかさに目を奪われる。

のんびりとした田舎の風景に接し、いやなことも忘れてしまいそうだった。

だが、その油断が再びとんでもない結果を招くことになったのだ。

「ナギ、運転もだいぶ慣れたようだな」

「え？」

教授に猫なで声で話しかけられて、凪はひやりとなった。

「おまえは本当に素直でかわいい子だ。ここも、かわいがってやりたいが」

「ま、待って！　駄目です！　離してくださいっ！」

教授が触ったのは凪の中心だった。布地の上からぎゅっとつかまれて、凪は恐怖の叫びを上げた。

両足がつったように硬直して、動かすこともできない。それをいいことに、教授はつかんだものをやわらかく揉みしだく。

「いっ、いやだっ、あああっ！」

すくみ上がった刹那《せつな》、ハンドルを持つ手に力が入って操作を誤った。

上りのカーブに差しかかったところで、大きくセンターラインからはみだしてしまう。

とっさにブレーキを踏むと、今度は車がくるくる回転する。

そこへいきなり黒の大型車が現れた。

「うわ――っ！」

ぶつかる？

凪は恐怖で目を見開いた。

だが大きな衝撃もなく、車はまだ路上でゆっくり回転を続けている。

目に映る景色が信じられなかった。

うねるような丘は一面のチューリップ畑。鮮やかな黄色だけに覆われた中に、黒い車体がガードレールを突き破って、道路から飛びだしていくのが見える。

何もかも一瞬のことなのに、すべてがやけにゆっくりと目に映った。

後部席に乗っていた男と目が合ってしまう。

真っ青で、まるで今日の雲一つない空に溶けこんだかのような双眸《そうぼう》だった。その瞳が射抜くように自分を見つめている。

冷たく咎《とが》めるような視線。

それも一瞬で、飛びだした車はチューリップ畑のゆるい斜面を滑り、白い花を咲かせている木に衝突する。

その衝撃でいっせいに小さな花びらが空に舞った。

凪の目には黄色と白、空のブルーの強烈なコントラストだけが映った。

混じりけのない、きれいな色だった。これは自然が作り出した純色だ。

あまりに美しい光景に、かえって不吉な予感が押しよせる。

「そんな……まさか……駄目だ」

凪は唇を震わせながら意味をなさない言葉を呟《つぶや》いた。

「ちっ、とんでもないことを！」

隣でいかにも不機嫌な舌打ちが聞こえ、次の瞬間には我に返る。

事故を起こしてしまった！

あの車は接触を避けるために、ガードレールを飛びだしてしまったのだ。

お陰で教授にも自分にも、怪我はまったくなかった。

でも、あの車に乗っていた人たちは……！

凪は心臓をわしづかみにされたような恐怖に駆られ、慌てて車を飛びだした。

様子を見にいかなければと焦《あせ》って足を動かすが、膝ががくがくして少しも前に進まない。

「何をしている？」

「あ、あの車の人たちが！」

「そんなもの放っておけ。早くここから引き揚げるぞ。来い！」

背後から無理やり腕をつかまれる。

教授が何をしようとしているのか、とっさにはわからない。

助手席に押しこまれ、凪は初めて教授がここから逃げだそうとしていることに気づいた。

急激にエンジンがかけられて、乱暴に方向転換し、そのあと車はフルスピードで走りだす。

「待ってください！　あのまま放っておく気ですか？　戻らないと、あの人たちが！　警察に電話、いえ、それより救急車を呼ばなくちゃ！」

凪は蒼白になって叫んだ。

「何もかもおまえのせいだ。なんてことをしでかしてくれたんだ！　わたしは大事なコンサートを控えている身だぞ」

「先生！　車を戻してください！　先生！」

必死に訴えても、教授は血走った目で食いつきそうに前方を見つめているだけだ。

車のスピードもいっこうに落ちないままで、どんどん事故現場から遠くなる。

黒の大型車は白い花を咲かせている木にぶつかった。

中に乗っていた、あの青い瞳の持ち主はどうなったのだろう。

ひどい怪我をして、助けを呼んでいるかもしれないのに！

「先生、車を戻して！　先生！」

凪は縋るように隣の席を見つめたが、気が動転しているのは教授も同じ。しかも教授は最悪の選択をしたままで突っ走っているだけだ。

凪は教授を止める力を持たない自分が情けなかった。

いくらセクハラされたからといっても、怯《おび》えて運転を誤ったのは自分なのだ。

自分のせいであの青い目の男が……。

感情が高ぶって、目から涙が溢れだす。

「ひどい……先生はひどい……こんなこと、絶対に許されない」

言ったとたん、大声で怒鳴り返される。

「許されないのはおまえだ！　運転していたのはおまえだからな！」

びくりと萎縮した凪はもう言い返すことさえできなかった。

教授の車はさほど時間をかけずにホテルに到着した。

助手席から降りた凪は、意を決して再び訴えた。

「先生、やっぱりぼくは警察に行きます。事故を起こしておいて知らん顔はできません。あの車に乗っていた人たちはきっと大怪我をしてる。今からでも救急車を呼ばないと！」

「その目はなんだ？　まるでわたしを犯人のようににらむな。とにかくわたしは何も知らん。全部おまえが勝手にやったことだからな。それから警察に行く気なら、おまえはもうわたしの弟子じゃない。大学にも二度と戻れないと覚悟することだ」

「そんな……」

凪は呆然となった。

信じられないことに、教授は世間体を気にしているのだろう。そのために、事故そのものをなかったことにしようと、凪にも黙秘を強いている。

勝手な行動を取れば音大を追いだされてしまう。教授にはそれだけの力がある。

音楽を学ぶために憧れのイタリアに来て、奨学金を得るというチャンスに恵まれた。それが全部ふいになる。

しかし凪が迷ったのはほんの一瞬だった。

怪我をしているかもしれない人たちをこのままにはできない。

凪は教授に向かい、黙って頭を下げた。

決意が固いことを察したのか、教授もそれ以上は文句を言わず、ふんと鼻を鳴らしただけでホテルの中に入っていく。

後ろ姿がドアの中に消えたのを確認してから、凪は行動に移った。

2

「おい、いい加減にしないか。警察は暇じゃないんだ。君の言う事故なんて、どこにもないじゃないか」

「だって、確かにここらへんなんです。ぼくが運転を誤って車線オーバーしたせいで、対向車と接触して」

「黒の対向車がチューリップ畑に飛びだして木にぶつかったって言うんだろ？　何回も聞いたが、肝心の車はどこにも見当たらないじゃないか。確かにガードレールには最近壊れた跡がある。ここらへんの花には薙ぎ倒された跡も残っている。タイヤ痕もある。しかし君の言う木ってのは、この切り株のことか？」

大柄の警察官はうんざりしたように両手を広げる。

凪は狐に化かされたような気分だった。

たどりついた町で警察を探し、事故を起こしたと訴えたのだ。その後パトカーに乗せられて、事故現場に戻ってきた。

しかしそこにあったはずの車は完全に消え失せていたのだ。そのうえ警察には事故の通報もなかったという。

いくら自分が事故を起こしましたと訴えても、少しも信じてもらえないという奇妙な現象が起きていた。まるで事故そのものがなかったかのような隠蔽《いんぺい》工作まで行われていたからだ。

いったい誰が？　なんのために？

いくら考えても、凪には何も思い当たらなかった。

同道した警察官は二名だった。いずれも逞しい骨格をした男たちで、紺色の制服と制帽を身につけている。

凪が呆然としていると、二人は互いに目を合わせ、呆れたようにこれ見よがしなため息をつく。

「もういいだろ、町に戻るぞ。こう見えても俺たちは忙しいんだ。おまえも早く来い」

凪につき合って花畑に入りこんでいた黒髪の警察官が、背後のパトカーを指さす。

「あの、すみません……ぼくは逃げたりしません。あとでもう一度警察に戻りますから、もう少しここにいてはいけませんか？」

懸命に頼みこむと、年嵩《としかさ》の警察官は再び大きなため息をついた。

「おまえは夢でも見たんだ。だからこのことは早く忘れたほうがいい。それに、もう警察に来る必要はないぞ。事故なんか起きてないんだからな。おまえがここに残りたいなら好きにしていい。だが帰りはヒッチハイクでもしろよ」

「すみません」

警察官が去ったあと、凪は切り株のそばに悄然《しょうぜん》と座りこんだ。

あたりには白い小さな花びらが散乱している。これが唯一の痕跡だった。

あの時見た花吹雪は絶対に夢なんかじゃないのだ。

教授に反抗してしまい、もう自分には帰るべき場所がなくなった。それも事故の責任を感じたせいなのに、どうしてこんなことになってしまったのか……。

泣くに泣けず、凪はぼんやりと考えこんだ。

もしかして、本当に事故はたいしたことがなくて、あの青い目をした人も大丈夫だったのだろうか？

それならどんなにいいか……。

音大の在籍と引き替えにしてしまったが、それでも傷ついた人がいないほうがいい。

凪がほっとため息をついた時だった。

「のこのこ現場に戻ってくるとは、ずいぶん間抜けな真似をする」

背後から突然鋭く咎められ、凪はぎくりとなった。

反射的に立ち上がると、いつの間にか数人の男たちに囲まれていた。足音さえろくにしなかったのに、いったいどうやって近づいてきたのだろうか。

逞しい身体つきの男たちは、皆、黒のスーツ姿だった。全部で十人ほどいる。

異様な雰囲気に、凪は目を見開いた。

「おまえだな？　あの車を運転していたのは？」

それでは、この人たちがあの事故の関係者なのか？

「答えろ。車を運転していたのはおまえか？」

詳しい説明などいっさいなしで、たたみかけられる。

やはり、そうだ。事故のことを知っているなら、間違いはない。

「運転を誤って車をぶつけたのは、ぼくです。あの、あなたたちはご存じなんですか？　ぼくがぶつかった車……乗っていた人たちは無事だったのでしょうか？」

不安のままに訊ねると、ひときわ背の高い男が一歩前へと進みでてくる。

他の男たちとは違って、一人だけダークスーツに濃い茶系のストライプが入ったシャツ、それもネクタイも同じく渋い茶色のものを身につけていた。そして短めの黒い髪を後ろに撫でつけて、黒のサングラスの奥から鋭い視線を向けてくる。

年齢はわからない。けれど、厳《いか》つい顔をしたこの男が彼らのボスなのだろう。

「ついてこい」

男は凪の問いには答えずに、ただ横柄に命じた。

どう反応していいかもわからず黙っていると、男はふいに腕を伸ばして凪の手首をつかむ。

「痛っ」

男はよほど怒りに駆られているのか、容赦のない力だった。

「拒否しても無駄だ。おまえが犯人なら城に連れていく。言っておくが、逃げようなどとは思うな。おまえはレオニード様を傷つけた。その報いを受けるんだ」

「レオニード……様？」

どこかで聞いた覚えがする名前の響きを、凪はぼんやりとくり返した。

すると男は苛立たしげに凪の手を引っ張る。

「しらばっくれているのかどうか、すぐにわかる。復讐《ヴェンデッタ》の掟《おきて》に従って、おまえには相応の罰を受けてもらう」

「ヴェンデッタ……」

恐ろしげな言葉に、凪はただ唇を震わせるだけだった。


凪が連れてこられたのは美しい城だった。

事故現場からさほど離れておらず、乗せられた車はすぐに城の敷地らしきところに入った。

まわりはぐるりと高い石塀で囲まれている。だが立派な鉄門をとおり抜けたあとにも、まだ森や野原が続くという広大な敷地だ。

緑の中をしばらく走ると、ようやく白く輝く優美な城が見えてくる。

だが凪にはその美しさもほとんど目に入らなかった。

とにかく、わけがわからなかった。自分が悪いのは確かだが、不安が否応なく高まっていく。

それでも屈強な男たちに取り囲まれた凪には逃げだすこともできないのだ。

「俺はエミリオ・ガリエだ。知っているかと思うが、バルデッリの一切を仕切っている。おまえの見かけがどうだろうと関係ない。いったいどこの組織《ファミリア》に頼まれた？」

城の中に連れこまれた凪は、二階部分にある広い部屋で再び尋問を受けた。クラシックなデザインのソファに無理やり座らされ、まわりを五人の男たちに取り囲まれる。

だがファミリアなどと言われても、凪にはなんのことか見当もつかない。

「組織って、いったいなんのことですか？」

「ふざけているのか？　組織を知らないだと？」

エミリオと名乗った男は思いきり顔をしかめながら、底冷えのする声を上げた。ぐっと右の拳を握りしめているのは、凪を殴りつけたくてたまらないのを必死に堪えているのだろう。

凪はびくりと背筋を震わせながらも懸命に男を見上げて訴えた。

「あの、ぼくには本当になんのことだかわかりません」

「おまえはあの事故を起こしたあと、現場から逃走した。ただの事故なら何故すぐに救急車を呼ばなかった？　怖くなって逃げた……そんな言い訳も聞かないぞ。ほとぼりが冷めた頃にのこのこ戻ってきたのは、首尾を確かめる気だったたんだろう?」

エミリオはさらに腹立たしげに吐き捨てる。

現場から逃げたのは事実だが、何かひどく誤解されていた。

だが、教授との経緯を説明しても、信用してくれるかどうかわからない。それに何もかも教授のせいにするというのも許されないと思う。

どう答えていいかもわからず、凪は唇を噛みしめた。

「だんまりを決めこむ気か……言っておくがバルデッリを甘く見ているなら、今のうちに改めたほうがいい。おまえたちが攻撃したのはうちのトップだ。バルデッリは泣き寝入りなどしない。掟に従って必ず報復する」

「ま、待ってください! ぼくには本当になんのことかわかりません。でもぼくが車を運転していたのは確かです。あの事故で誰か怪我をしたのですか? どうなったんです? どうして車がぶつかった木が切られていたんですか? 車だって残ってなかったし……警察に行ったのに事故があったと信じてもらえなくて、ぼくはどうしていいか……」

凪は一気に吐きだしたが、感情が高ぶって途中からは涙声になった。恐怖や疑問、不安、色々なものがない交ぜになって、本当に声を上げて泣きたくなる。

エミリオはサングラス越しに、冷ややかで探るような視線を向けてきた。

「おまえ、名前はなんという?」

「藤崎……凪です」

名前を名乗ると、エミリオは奇妙な反応を見せる。

「ナギ……だと……？　……おまえ、日本人か？」

凪が頷くと、エミリオは訝《いぶか》しげに眉をひそめ、じっと顔を覗《のぞ》きこんでくる。

エミリオは屋内に入ってもサングラスを外していない。それでも鋭くつぶさに観察され、緊張に耐えきれなくなった凪はあらぬ方角へと視線を泳がせた。

いったいこの男たちは何者なのだろうか。

この城は美しく巨大だが、観光用のものではなく、明らかに人が住んでいる様子だ。

王制が廃止されても、イタリアには元貴族という人々がいっぱいいるという。

城……？

バルデッリ……？　レオニード様……？

まさか……！

頭の中で、ようやくばらばらだった三つの単語が結びつく。

この城は、渚がサロン・コンサートをするはずだった場所だ。

ということは、レオニード・バルデッリは、渚の恋人？

嘘だ、そんなの！

よりにもよって、渚の大切な人を傷つけてしまった？

心臓が激しく音を立てる。恐ろしい偶然に、凪は真っ青になった。

今まで少しも気づかなかったのは、この男たちの様子が、貴族社会というイメージからはかけ離れていたからだ。

「現場から逃走したとのことで判断を誤ったか……いずれにしても、もっとおまえのことを調べる必要がありそうだ」

呆然となった凪の横で、エミリオが腹立たしげに吐き捨てる。それでも肝心のことは何一つ教えてもらえなかった。

凪が再び唇を噛みしめた時、エミリオがふとスーツの内ポケットに手をやる。取りだされたのは携帯だった。

「どうした？　……なんだと？　それは本当かっ！　そんな馬鹿なこと、許されるはずが……くそっ、……そうか……わかった。今後も油断するなよ。また何かあったら連絡を入れろ」

携帯を切ったエミリオはますます険しい表情になった。

そしていきなり容赦のない力で肩をつかまれる。

「痛……っ」

思わず呻《うめ》き声を上げた凪を、エミリオはぐいっと乱暴に引きよせた。

「おまえのせいで……レオニード様が……！　こんなガキのせいで、なんということだ」

吐き捨てたエミリオの声には激しい怒りがこもっていた。今までは曲がりなりにも丁重に扱われていただけに不安が募る。

携帯で何かよくない知らせを受け取ったのだ。

どうすることもできず、目を見開いたままでいると、エミリオは唐突に凪を突き飛ばした。

「おまえが敵対組織の者かどうか、どうでもよくなった。たとえ誰だろうと関係ない。おまえの身柄を拘束する」

エミリオは内心の怒りをそのままに、底冷えのする声で告げる。

「敵対……組織……?」

「おまえがぶつけた車に乗っていたのはカポ、つまり我らバルデッリ・ファミリーのボス、レオニード様だ」

「まさか、それって……」

凪は驚きのあまり絶句した。

組織、組織と言っていたのは、マフィアのことだったのだ。

蒼白になった凪に、エミリオはにこりともせずに言い渡す。

「おまえはマフィアのボスを失明させた。我らバルデッリはおまえの罪を絶対に許さない」

聞かされた言葉に、凪はひゅっと息をのんだ。

失明?

嘘だ……嘘だ……嘘だ。

頭をガンと殴られたような衝撃だった。あまりのことに身体の震えが止まらない。

マフィアに捕まってしまった恐怖より、自分のせいで誰かを失明させたことのほうが恐ろしかった。しかもレオニード・バルデッリは渚の大事な恋人なのに……。

罪の意識がどっと押しよせる。

取り返しのつかないことをしてしまった。

自分のせいで、誰かが失明したなんて……！

ひどい……そんなことは、絶対に許されない……絶対に……。


凪は城の中の一室に閉じこめられた。

マフィアのボスを失明させた犯人として、とらわれの身となったのだ。

しかし凪を閉じこめる牢獄は、高級ホテルの豪華な客室、それもプレジデンシャル・スイート並みに贅沢なものだった。扱いも基本的に丁重で手足を拘束されたわけでもない。食欲など少しもなかったけれど、食事もきちんと与えられている。ただ所持品を取り上げられて、部屋の外には一歩も出られないという状態だ。

もとより、自分のせいで失明した人がいるとなれば、逃げだそうなどという気さえ起きなかっ

たけれど。

それでも気懸かりなことがいくつかあった。

渚は恋人が事故に遭ったことを知っているのだろうか？

連絡を取って確かめたくても、携帯がなければどうしようもない。

大学のことも気にかかった。

教授は、自分がいなくなったことを、どういうふうに説明したのだろうか？

もう教授の弟子ではいられないと思うが、できれば大学は辞めたくない。しかし、このまま大学を休み続ければ、結局は同じ結果になるだろう。

誰か、気づいてくれればいいが、もともと大学では親しくしている友人もいなかった。留学生が一人、急にいなくなったとしても、誰も心配などしないだろう。

あとは日本の祖父母だが、月に一度電話をするのがせいぜいだったから、しばらくの間は心配させずにすむのが救いだった。

これから、どうなるのだろうか？

でも、自分のことなど本当はどうでもよかった。

自分のせいで、あの人が失明した……一生、目が見えなくなってしまったのだ。

教授に触られたぐらいで、自分が運転を誤ってしまったせいで……。

しかも、あの人は渚の大事な恋人だったのに……。

どんなに罪の意識に駆られても、今は謝ることさえできない。

凪は広すぎる部屋の片隅で直接床に座りこみ、震える自分の身体を抱きしめているしかなかったのだ。


二日ほどが過ぎて、城の中に異変があった。

ほとんど物音もせず、静まり返っていた城が突然ざわめきだしたのだ。

耳をすますと、使用人たちが何かの準備で忙しげに行き交い、指示を仰ぐ声やそれに答える声がよく聞こえてくる。

そのうち何台かの車が到着し、城内がいっそう生き生きとした空気に包まれる感じがした。

けれど、いくらも経たないうちに、今度は庭のほうから何人もの叫び声がする。

「危ないっ、レオニード様！」

「お願いですから、無茶はおやめください」

「うるさい、わたしにかまうな！」

凪は何事が起きているのだろうと、バルコニーへと向かった。

「お一人で歩かれてはぶつかってしまいます。またお怪我でもされたら」

「うるさいと言うのがわからないのか！　今すぐ庭から出ていけ！　一人残らず全員だ！」

響き渡った怒声に、凪は思わずバルコニーの手すりから身を乗りだした。

もしかして、この城の当主が帰ってきたのだろうか？　あの失明した人が？

手入れの行き届いた芝生と幾何学的に配置された植え込み。花壇には様々な種類の花が美しく咲き乱れている。その間を縫うように煉瓦《れんが》を敷き詰めた小道があって、そこに数人の男たちが立っていた。

エミリオの他に黒スーツの男が何人か。それにもう一人、背の高いダークブロンドの男が一緒だった。

男は仕立てのよさそうなライトグレーのスーツを着て、光沢のある飴色をした木製のステッキを持っており、それを苛立たしげに振り上げている。他の男たちは振りまわされるステッキに邪魔されて、長身の男に近づきたくても近づけないといった様子だ。

間違いない。まわりの者たちがはらはらしたように見守っているその長身の男こそが、レオニード・バルデッリだ。

圧倒的な迫力だった。勢いに押され、黒服の男たちは彼を遠巻きに眺《なが》めているだけだ。

レオニードは一人きりで、ふらりと城のほうへ歩いてきた。

とは言っても、まともに歩けるのはせいぜい一歩か二歩だ。身体をぐらつかせるたびに、男たちが駆けよって手を貸そうとする。けれどレオニードは怒りもあらわに男たちの手を振り払う。

そのくり返しだ。

凪が呆然と様子を眺めていると、また新たな怒声が響き渡る。

「誰だ？　バルコニーにいるのは？」

突然鋭く咎められて、凪は思わず身をすくめた。

レオニードは上を見ていたが、その視線は凪ではなく別の何かを探しているようだ。

包帯、いや眼帯すらしていないが、レオニードは目が見えていないのだ。

まざまざと見せつけられた現実に、狂ったように動悸が鳴りだす。

膝もがくがくとしてその場にへたりこみそうになった。

自分のせいだ！　この人の目が見えなくなったのは、自分のせいだ！

凪は泣きそうになりながら、長身の男を見守った。

レオニードは少しも怪我人に見えなかった。ダークスーツを身につけた姿には一分の隙もない。むしろ威厳に満ち溢れている。そして左手に持ったステッキだけが、かすかな違和感を覚える要素になっていた。

この圧倒的な存在感を持つ男から、永遠に光を奪ってしまったのだ。

自分の罪深さが恐ろしくて、ふいに涙が溢れてきた。そしてレオニードへの同情で、胸が切り刻まれたかのように痛くなる。

「誰だか知らんが、そこにいるのはわかっているぞ。さっさと下りてこい」

「あ……」

再び怒声が響き、凪は息をのんだ。

視線を彷徨わせていたレオニードは、今はもう真っ直ぐにバルコニーを見上げている。下りてこいと命じられたのは凪だった。

バルコニーには石段がついており、直接庭に下りられるようになっている。

部屋を出ることは禁じられていたが、今はそんなことを気にする余裕さえない。凪は操り人形のように、そろそろと動きだした。

「こっちまでこい」

命令どおりにそばまで行くと、さらに迫力を感じる。

レオニード・バルデッリは百九十近い長身だった。そして、こんな時だというのに見惚《みと》れてしまいそうになるほど整った顔立ちをしている。

三十をいくつか越えたぐらいの年齢だろうか。ダークブロンドの髪は短めに整えられているが、風に吹かれたせいで、幾筋かが滑らかな額に乱れかかっていた。

形のよい眉と、きりりとした中でそこだけがかすかに甘さを感じさせる唇。鼻筋も高く貴族的で、何もかもが完璧。まるで大理石に刻まれた神々の彫刻のように、絶妙のバランスを保っている。けれど一番印象的なのは真っ青に澄みきった双眸だった。

深い、深い海の色だ。

この吸いこまれてしまいそうになる瞳が光を映していないとは、とうてい信じられない。

泣いている場合ではないと思うが罪の意識に重なって純粋な悲しみが湧き起こり、涙が止まらなくなった。じっと見つめていても端整な顔がぼやけていく。

「おまえは誰だ？　うちの者ではないな」

低い声で問われ、凪は着ていたシャツを袖で慌てて涙を拭った。

レオニードは窺うように、訝しげに眉をひそめている。

「ぼくは……」

「どうした？　泣いているのか？」

「あ……」

言い当てられた凪はこくりと喉を上下させた。

目が見えていないというのに、なんという洞察力だろう。

そのうちにすうっとレオニードの右手が伸ばされて、何かを探しているかのように空を泳ぐ。

凪はその間ぴくりとも動くことができなかった。

レオニードの指先が最初に触れたのは凪のシャツだった。息を詰めたままで見つめていると、長い指がするりと上方へ滑っていく。

頬に触れられた。そして長い指がこぼれた涙をすくい取る。

かすかな感触に凪はびくりと震え、我知らず一歩後ずさった。

「ん？」

レオニードの手が、身体を退いた凪を探して伸ばされる。手が届かず、一歩前に歩きだそうとしたところで、レオニードは大きく身体をぐらつかせた。

「危ないっ」

凪は両手でとっさに大きな身体を支えた。

目が見えないせいでレオニードが芝生に足を取られたのだ。

しかしレオニードはすぐさま体勢を立て直し、怒りを込めるように凪の手首を強くつかむ。

「あ……」

「捕まえたぞ」

逃げるに逃げられず、凪はただ間近にある端整な顔を見つめた。

レオニードの視線も真っ直ぐ凪に向けられている。

エミリオから聞かされた話では、まったく見えていないはずだ。それなのに、あからさまな熱まで含んだような視線で見つめられて、急に羞恥が込み上げてくる。

「目が見えないだけで、こんなに不自由になるとは思ってもみなかった。わたしをこんな目に遭わせた奴は呪われるがいい。だがこれしきのことで音を上げると思ったら大間違いだ。こうして捕らえたのだ。おまえが何者か知る方法は他にもある」

レオニードは左手にステッキを持っている。だから右手で凪を捕らえていた。その手をぐいっ

と口元近くまで持ち上げられる。

「あっ」

手の甲にいきなり濡れた感触が押しつけられて、凪はくぐもった叫び声を上げた。

レオニードに口づけられたのだ。

温かな唇はすうっと動き、今度は手のひらを確かめられる。

凪は胸を大きく喘がせた。

いやな感触ではないけれど、僅かな刺激が大きな波になって身体中に伝わっていく。

凪が手を引っこめようとするのを許さず、レオニードの唇は指の先まで滑っていく。けっして強引ではない。むしろ優しい動き。

凪は振り払うこともできず、レオニードに口づけられている自分の手を見ているしかなかった。

心臓が激しく音を立て、息をするのも苦しくなる。

「細い指だ……華奢《きやしや》なのに、力強さも持っている」

そんなことを呟きながら、レオニードはさらに細かく観察するように唇を滑らせた。

「ああっ」

あろうことか、小指の先がくわえられる。爪の形を確かめるように舌でなぞられ、それからまるで味わうかのようにちゅっと先端を吸われた。

ぞくりと背中が震える。

これ以上は耐えられそうもないと思った時、ようやくレオニードの唇が離れた。

「小さな爪だな……きれいに手入れもされている。おまえの手は何か特別なことをする手だ」

凪ははっとなった。

確かに自分の手はレオニードのそれに比べて華奢だろう。だがピアノの鍵盤を叩く訓練を重ねている。弱々しいはずがない。

それをレオニードは唇で触れただけで見破ったのだ。最初から目が見えず、聴覚と触覚に頼る人なら簡単かもしれない技も、にわかに光を失ったレオニードには難しいはず。

「名前は？」

再度、問われた。

見えていないはずの真っ青な瞳が射抜くように凪を捕らえる。

けれど凪が口を開く寸前、何故かレオニード自身が自らの問いに答える。

「隠しても無駄だ。ナギ、だろう」

「え？」

今、確かに自分の名前が呼ばれた。しかも、どうしてだか、レオニードの顔に優しげな笑みが浮かんでいる。

所持品はエミリオに取り上げられた。自分を失明させた犯人の名だ。知っているのが当然かもしれないが、それでもどこかおかしな感じがする。

「きれいな指をしているのは、ピアニストなら当然のこと。ほっそりした身体つき、絹糸のようにさらりとした手触りの髪も、ナギに間違いない」

そこまで言われ、凪は初めてレオニードの誤解に気づいた。

自分の名前を知っていたんじゃない。レオニードが『ナギ』と呼んだのは渚のことなのだ。

レオニード・バルデッリ……渚が好きになった人……。

やっぱりこの人は渚の恋人なのだ。

今までぼんやりとしか認識していなかったことが、急に現実となって押しよせる。

「わざわざ様子を見にきてくれたのか？　エミリオには、心配しないように伝えてくれと頼んでおいたのだが」

「あ……ぼ、ぼくは……」

急に親しげになったレオニードに問われ、凪は誤解を解こうとしたが、その先が言葉にならない。とっさにはどこからどう説明していいか、わからなかった。

「どうした？　忌々《いまいま》しい事故のせいで、わたしはこんな無様な姿になった。驚かせてしまったか？　それとも怖くなったのか？」

「いえ、そんなことは……」

「ナギ、わたしはこのとおり大丈夫だ。多少不自由ではあるが、おまえが心配することは何もない。聴き損ねたと思っていたピアノも、こうしておまえが来てくれたんだ。独り占めで聴けるかと思うと、むしろ嬉しいぐらいだ」

レオニードは笑みを保ったままで言う。

腰に手をまわされて、軽く抱きよせられる。

凪はたまらず首を振った。

レオニードは失明したのに、あえてなんでもないと渚を慰めている。

「違うんです。ぼくは……」

そこまで言った時、凪はふいに強い視線を感じて振り返った。

エミリオは険しい表情で凪を見据えながら、ゆっくり首を左右に振る。そして右手の人差し指がそのエミリオの口に立てられる。

真相は明かすな。

そんな意味合いの合図だった。

おそらく、レオニードへの配慮なのだろう。いきなり犯人と対面すれば、ショックが大きい。

エミリオは主人をそっとしておきたいのかもしれない。

「どうした、ナギ?」

「いえ、なんでもありません」

エミリオからレオニードへと視線を戻した凪は、結局そう答えるしかなかった。

「それなら、部屋に戻ってお茶にするか。おまえが来てくれたお陰で多少は苛立ちも収まった」

レオニードはそう言って屋内のほうに目を向けた。

だが、そのまま歩きだそうとしたとたん、ばらばらっと部下たちが駆けよってくる。

気配を察したレオニードは、再び怒りを含んだ声で言い放った。

「わたしは子供ではない。自分の足で歩ける」

「しかしレオニード様、お一人では危険です。せめて手を」

前方には段差がある。

心配した部下は諦《あきら》めずに手を伸ばすが、レオニードはそれを激しく振り払った。

「わたしに触るな！」

怒声が響き、さすがの部下たちもその場で硬直する。

レオニードはきっと人一倍独立心が強いのだろう。それで思いのままにならない自分自身に苛立っているのだ。

「二メートルほど先に石段がありますから、気をつけてください」

凪は思わずそんな注意を与えていた。レオニードがいやがるだろうから、手は貸さない。

「そうか、二メートルだな」

確認したレオニードはステッキを前のほうに出しつつ、歩き始めた。

しっかりとした足取りだ。

部下たちは固唾《かたず》をのんでなりゆきを見守っている。凪はレオニードの歩調に合わせて、そばをゆっくりと進んだ。

「あともう一歩です」

凪の声を聞いたレオニードがステッキをコツコツと小刻みに突いて前方を探る。カチリと音がしたところで、レオニードは笑みを浮かべた。

「ああ、ここか……」

「一段だけですよ」

「それなら大丈夫だ」

レオニードは凪の先導に従って、なんとか室内に入った。そして座り心地のいいソファに腰を下ろし、お茶を出すように命じる。

助けを借りずに歩いたことで、機嫌がよくなっているようだった。

「ナギ、ちょっといいか？」

ほっとしたように部下たちが部屋を出ていく中で、凪はエミリオに呼ばれた。

「失礼します」

レオニードに断りを入れ、エミリオに従っていったん部屋を出る。

エミリオは広間から遠く離れた場所まで凪を伴った。長い廊下を歩き、他に誰の姿も見えなくなったところで要件を切りだす。

「いいか、誤解は解くな。レオニード様はおまえのことをナギサだと思っている」

意外な言葉に凪は眉をひそめた。

「でも、ぼくは渚さんじゃありません」

「おまえのことは調べた。音大に在籍中の留学生。同じ日本人同士。おまえはナギサ・ホンジョーとも知り合いだろう？」

腕組みをしたエミリオがなんでもないことのように言う。

「渚さんは先輩です」

「同じ日本人だから、身体つきや声が似ているのだろう。だからレオニード様は誤解されたのだ。だが、さっきの様子だと、レオニード様はおまえにならば気を許すようだ。このままおまえはナギサ・ホンジョーのふりを続けろ」

とんでもない要求に凪は激しく首を振った。

「待ってください。ぼくじゃ無理です」

身代わりを務めろと言われても、そう簡単に引き受けるわけにはいかない。それにあれだけ洞察力のあるレオニードを騙《だま》すのは不可能に近い。

「おい、おまえには断る自由などない。自分の立場をわきまえろ」

「だって、ぼくには無理です。渚さん……本物の渚さんに来てもらえばいいじゃないですか」

なんとしても断るしかないと、凪は必死に言い募った。

だがエミリオは、凪の期待をあっさり覆《くつがえ》す。

「ナギサ・ホンジョーはこの城に滞在することになっていた。だがあの事故のあと、予定をキャンセルすると連絡してある」

「事故のこと、渚さんも知ってるんですよね？　お見舞いには来てないんですか？」

凪が懸命に重ねると、エミリオは渋々といった感じで頷いた。

「ナギサ・ホンジョーには軽い怪我だから見舞いに来るには及ばないと伝えてある。心配させたくないから目のことは伏せておくようにと、レオニード様が配慮されたのだ」

「あ……」

凪は唇を噛みしめた。

自分の好きな人が失明した。そんなことを知れば、渚はどれだけ嘆くだろう。恋人ならば、心配させたくないと思うのが当たり前だ。

それでも身代わりを務めるなど、無理だと思う。今は間違えていたとしても、恋人ならそのうち絶対に気づいてしまう。

「今からナギサ・ホンジョーを呼びよせるにしても、時間がかかりすぎる。それにもし本人が来れば、おまえが誰なのかレオニード様に知らせなければならなくなる。これは何もおまえのためを思ってのことじゃない。レオニード様にとって、今が一番大切な時。これ以上ご負担をおかけしたくない。とにかく無理にでもやってもらうぞ。おまえのせいでレオニード様が怪我を負わされたことを忘れるな。おまえに少しでも償《つぐな》う気があるなら、身代わりぐらいやれるはずだ」

それを言われると何も反論できなくなる。

凪は爪が食いこむ勢いで両手をぎゅっと握りしめた。

「取りあえず、おまえが起こした事故は偶然だったんだろう。敵対組織に命じられてやったわけじゃないことだけは信じてやる。だからといって、犯した罪が軽くなるわけじゃない。おまえが復讐の対象であることに変わりはないのだ。だが、おまえが少しでもレオニード様の役に立つなら、俺のほうから報復を手加減するように口添えしてやってもいい」

「そんなこと……ぼくのせいなのは充分承知しています。何をされても逃げる気なんてありません。でも……渚さんの身代わりなんて、やっぱり自信がありません。見た目だって違うし、ピアノの腕だって全然違う」

「背格好が似ていれば充分だ。それにピアノのことは手に怪我をしたとでも言えばいい。あと、一つだけ教えておいてやる。レオニード様の失明は一時的なものだとのことだ」

「えっ？」

「手術をすれば快復するだろうということだ」

「じゃ、見えるようになるんですか？」

思わずたたみかけた凪に、エミリオは重々しく首を縦に振る。

「よかった……よかった……！」

凪は涙を溢れさせた。

一生涯、光を失ったままだった危険性もある。あの青い瞳がいずれは見えるようになると知って、何よりも嬉しかったのだ。

「手術はこの分野では一番だといわれている権威に任せることになった。難しい手術だ。万に一つの間違いもあってはならないからな。しかし間の悪いことに、そのドクターは体調を崩して入院中なのだ。今はじっと復帰を待つしかない。しかしレオニード様はあの性格だ。病院で大人しくなどしていられないと、強引に退院されてしまった。とにかくいつまでもというわけじゃない。手術の日まで、おまえ自身がレオニード様の世話をするんだ」

エミリオは腕組みをしたままで、じっと凪の返事を待っている。

サングラスで遮《さえぎ》られてはいるものの、鋭い視線を感じた。

今になってバルデッリがマフィアのファミリーだという実感が湧いてくる。エミリオはその中でも相当高い地位に就いている幹部なのだろう。

「わかりました……自信はありません。でも、努力してみます」

結局、凪にはそう承諾する道しか残されていなかったのだ。

「ナギ、さっそくだがピアノを弾いてくれ」

ソファにゆったりと背中を預けたレオニードが言う。

先程見せた苛立ちはいつの間にか収まって、紅茶のカップをゆっくり口に運んでいる。

凪も一緒に飲むように言われ、向かいに腰かけていたが、まだ気持ちの整理がつかない状態だった。

「ピアノは……また次の機会に……今はその……気持ちが落ち着かないから」

へたな言い訳をすれば、よけい深みにはまる気がして、辛うじてそう口にする。

「おまえにまでそんな心配をさせるとは……運が悪かっただけだと見過ごすわけにはいかなくなるな」

「え？」

何を意味する言葉なのかわからなかった。だがレオニードの声は氷のように冷ややかだった。

いつの間にかエミリオがそばまで来ており、すかさず報告を始める。

「レオニード様、ドライバーはすでに処分ずみです。現場は見とおしの悪いカーブだった。しかし、あれしきのことで接触を回避できなかった責任は重い」

「当然だ」

レオニードは一言で断定する。

「処分？　あの、それはどういうことですか？」

不安に駆られた凪は食い下がった。

自分のせいで他の人まで何らかの犠牲を強いられるのはいやだ。

「ナギ、おまえが知る必要はない。すべてのことはエミリオに任せてある」

「でも」

「そんな悲しげな声を出さずに、こっちに来い」

レオニードにソファの横を指さされ、凪はふらふらと立ち上がった。

レオニードは指先一つで凪を言うがままにする力を持っているのだ。

恐る恐る隣に腰を下ろすと、レオニードは満足げに微笑んだ。

「おまえに会うのは久しぶりだ。今のおまえをもっと知りたい。触れていいか？」

「え……は、はい……」

凪はどきりとなったが、辛うじて答えを返した。

触れられたら、渚じゃないことがわかってしまうかもしれない。でも、断ったらよけいおかしく思われるだけだ。

レオニードは紅茶のカップをテーブルに置くと、そっと手を伸ばしてきた。

最初に触れられたのは髪の毛だった。子供を相手にするように、何度かさらりと頭が撫でられる。そのあとレオニードの長い指は、黒髪の中にまで潜りこんできた。

「きれいな髪だ。絹糸のように滑りがいい」

レオニードは指先に巻きつけるようにして髪を弄《もてあそ》ぶ。

誰かに髪をいじられるのは、何か安心できるような気がして気持ちいい。

凪は大人しくされるがままになっていた。そのうちレオニードの手は頰のほうに戻される。大きな手のひらで輪郭ごと包みこまれ、凪は気恥ずかしさを覚えた。

けれどレオニードは今、視力を失っている。見たくても見られないのだから、なんでも触って確認しようと思うのは仕方がないことだろう。

「顔も撫でていいか？」

凪はこくりと頷いた。けれど、あとから思い直して、どうぞ、と口に出す。

「おまえはやはり、何もかもが繊細にできているな」

そう言いながら、レオニードの指が顔の表面を滑る。

凪はくすぐったさに首をすくめた。すると、びくりとしたように指の動きが止まる。

見えないレオニードにとっては、こんな僅かな動きさえも大きく響くのだ。

凪はくすぐったさを我慢して、息を止めた。

ごく間近に整った顔があって、じっと見つめていると、レオニードは再び安心したように、凪の輪郭を探りだした。眉にもまぶたにも、睫《まつげ》にもそっと触れられ、次には鼻の形を確かめられる。

長い指が最後になぞったのは、凪の唇だった。爪の先でかすかに触れられている間、ずっと息を殺していたが、何故だか徐々に心臓の音が大きくなっていく。

上唇から下唇へと移動する間がやけに長く感じられる。きゅっと結んでいた線も親指でなぞられて、凪はとうとう我慢できずに吐息をこぼした。

「……ふ……っ」

とたんにレオニードが口元をほころばせる。

「キスを待っているような唇だな……吐息も悩ましい」

「そんな……っ」

かっと頬に血が上った。

けれどすぐに、渚のことを思いだす。

レオニードと渚は一緒に休暇を過ごすような恋人同士なのだ。

たとえば、親密なキスを交わし合うような仲で……もっと先のことまで……。

勝手に想像したことで、凪は何故か胸が痛くなった。

思わずレオニードから視線をそらすと、その気配を察したように、首筋に手を当てられる。

そっと肩のほうに抱きよせられて、今度は泣きたくなってきた。

「わたしはこんな有り様になってしまったが、しばらく城にいてくれるだろう?」

「……はい……」

凪は唇を震わせながらも、そう答えるしかなかった。

3

バルデッリの城は、十八世紀の終わり頃に建てられたという。

トリノから車で一時間ほどの距離だろうか。

トリノは古代ローマ帝国時代から発展した町なので、歴史的に見ればこの城もさほど古いわけでもない。

渚が漏らした情報では、バルデッリ家はサヴォイア王家の流れを汲んでいるという。だからこそ、この優雅な城に住んでいるのだろうが、実態がマフィアだというから信じられない話だ。

それにマフィアはシチリア島にいるものだとばかり思いこんでいた。こんな北イタリアで遭遇したことにも違和感がある。

最初の頃、凪はこの城に軟禁されたも同然の身だった。しかし、レオニードの苛立ちを宥《なだ》める役目を負ってからは、かなり立場が変化した。

表向きは当主のレオニードが招いたお客。実際にはエミリオに命じられた者たちに監視されているのだが、美しい城での生活は、基本的に優雅なものだった。

使うように言われたのは、高級ホテルのスイートかと思えるほど贅沢な部屋で、携帯以外の所持品も返してもらった。もっとも、凪が持ってきた着替えは僅かしかなかったので、クローゼットにはスーツからパジャマ、下着に至るまでわざわざ新しいものも用意された。

毎日同じ服を着るわけにもいかず、凪はなるべくシンプルなデザインのシャツとズボンを選びだして借りている。

食事も豪華で、いつも決まった給仕が部屋まで運んでくる。本当にＶＩＰにでもなったかという丁重さだ。

けれど話し相手もなく食べる料理は、なんとなく寂しいものに思える。

イタリアに来てからずっと一人暮らしだった。普段口にするメニューは、ピザやパスタ、簡単なサラダとパンといった具合に、短時間で食べ終えてしまうものばかりだ。ここでのようにアンティパストから始まって、パスタなどのプリモ・ピアットへとゆっくり食事を進める習慣がなかったせいか、やけに一人きりだということを意識してしまう。だから、せっかくの美味しさも半減しているような気がするのだ。

凪は眠る時と食事以外、一日の大半をレオニードと過ごしている。

朝食後、レオニードは書斎でエミリオから仕事関係の報告を受けるのだが、凪はその間も部屋の隅で控えているように命じられていた。

レオニードはいつも簡潔に指示を出し、エミリオの他にもう一人、秘書らしき男がノートパソコンにその指示を記録している。

凪には詳細などわかるはずもないが、バルデッリは盛んに企業買収を行っているらしい。それに自動車関連の会社も所有しているらしく、新車の開発に関する報告が多かった。

普段から優秀な部下に任せている部分が多いのか、仕事の打ち合わせにはさほど長い時間はからない。

そのあと、レオニードはすぐに凪を伴って散歩に出る。

広大な庭を歩くのはけっこう時間がかかった。レオニードはけっして凪の手を借りようとしないからだ。

初めのうちはエミリオを始め、何人もの部下たちがついてきていたが、そのうちに散歩のお供をするのは凪だけとなった。

しかし、レオニードがステッキを頼りに歩くのを待つ間、まわりに目をやると、遠くのほうで必ず誰かがこちらを監視している。もちろん、レオニードに何かあった時、真っ先に駆けつけるための配慮だろう。しかし凪の監視を兼ねているのは確かだ。

最初は居心地の悪い思いもしたが、それも時が経つにつれて気にならなくなってきた。

監視つきとはいえ、美しい城で優雅に過ごす。こんなふうにゆったりした時間を持てたのは、ミラノに来てから、いや、生まれて初めてかもしれない。

何よりも、レオニード自身がとても優しく接してくれるのが大きいだろう。

けれど、気懸かりなこともあった。渚がどうしているか心配だったし、大学のことも気にかかる。そして、もう何日もピアノを弾いていないことも精神的に堪《こた》えていた。

四歳の頃にピアノを始めて以来、ほとんど毎日弾いていたのだ。

しかしレオニードが自分を渚と間違えている以上、迂闊《うかつ》にピアノは弾けなかった。

ピアノコンクールで優勝した学生のパトロンになっているくらいだ。レオニードは当然音楽を聴き分ける耳を持っているはず。

ヨーロッパの音楽界で華やかな活動を始めている渚と、自分とでは比べものにもならない。だからレオニードの前でピアノを弾く勇気はなかった。

サロンにはフルコンサートサイズの立派なスタインウェイがある。渚が弾くはずだったピアノだ。

横をとおる時、凪はいつも渇望とともにそれを眺め、また、いつレオニードがピアノを弾けと言いだすか、恐れてもいた。

幸いなことに、レオニードは最初の日に凪が断って以来、ピアノを弾いてくれとは言わない。

ドアをコツコツと叩く音がして、物思いに耽《ふけ》っていた凪はふっと振り返った。

夕食を終えたところなので、使用人の誰かが食器を載せたワゴンを下げに来てくれたのかと思えば、顔を覗かせたのはエミリオだった。

「明日から、レオニード様と一緒に食事できるか?」

「一緒に、ですか?」

 おうむ返しに訊ねると、エミリオは眉間に皺をよせる。理由を明かすのをためらっているような雰囲気だった。だが、エミリオは意を決したように口を開く。

「レオニード様の食事だが、栄養のバランスが悪すぎる」

「え？　どうしてですか？」

この城には腕のいいコックが揃っているようで、いつも贅沢すぎると思うほどのご馳走が並ぶ。だからエミリオの言葉が信じられなかった。

「パン、ピザ……そのぐらいしか召し上がらないのだ」

苦虫を嚙み潰《つぶ》したような顔を見て、凪ははっとなった。

「それって、見えなくても一人で食べられるもの……ですね？」

「そうだ。レオニード様は、俺たちの手を借りることを拒まれているのだ。それにみっともなくカトラリーを落としたり、テーブルを汚したりするのも嫌っておられる」

エミリオの話を聞いて、凪は内心でため息をついた。

プライドの高さは相当なものだ。レオニードは絶対に弱っている自分というのを認めない。

今は失明しているのだ。見えていない時ぐらい、人の手を借りたっていいだろうに、それすら拒むとは、なんと頑《かたく》なな男だと呆《あき》れてしまう。

一日中そばにいる凪を、食事の時に限って遠ざけていたのも、同じ理由からだろう。

「ぼくが一緒でも、同じ気がしますけど」

「だろうな」

エミリオが珍しくため息をつく。

レオニードは手術に備え、安静にしていなければならない時期だ。それに体力だってつけておく必要があった。医者は毎日決まった時間に往診に来るが、城に残ろうとする看護師はそのつど追い返されている。

そんな状態だから、エミリオの言うとおり、食事のバランスが取れていないのはまずいと思う。簡単に手を使って食べられる料理があれば……それもマナー違反ではなく……。

凪は真剣に考えこんだ。

「フルーツはどうですか？　……でも、メロンとかは駄目か……あれはカトラリーを使う。誰でも絶対に手で食べるのは……ブドウ？」

「ああ、ブドウなら絶対に手を使う」

凪の独り言に、エミリオが声を重ねてくる。

「イチゴはどうですか？」

「手で食べるのは行儀悪い。フォークを使うだろう」

「そうなるとファスト・フードか……パニーノとかハンバーガーとか？」

「パニーノはまだしも、おまえはレオニード様にハンバーガーを食べさせようというのか？」

エミリオは思いきり顔をしかめている。

パニーノはイタリアのパンにハムやチーズ、野菜などを挟んだものだ。ハンバーガーよりましとのことだが、考えてみれば両手でつかんでかぶりつくところは同じだった。

「もっと小さく一口サイズに切ってあるものだと、サンドウィッチ？」

「それもちゃんとした食事では食べないだろう」

「外で食べるようにすればいいじゃないですか。どうせ散歩に行くんだから、ランチボックスを用意してもらって、途中で食べる。これなら手で食べるものを中心にしたメニューで、けっこうなんでもいけるはずです」

凪が言うと、エミリオは思わずといった感じで口元をゆるめた。

怖い人だとばかり思っていたが、笑顔は優しげだ。しかしエミリオは、すぐに拳を口にやって、わざとらしく咳払《せきばら》いをする。

「コックには言っておく。おまえは明日、レオニード様に外で食事を取るよう勧めろ。あくまで、さりげなくだぞ。故意にやったとわかれば、レオニード様を怒らせてしまうからな」

「わかりました。やってみます……あの、エミリオさん、レオニードはほんとに大丈夫なんですか？　手術をすれば本当に見えるようになるんですか？」

凪は一番気になっていたことを訊ねた。

「成功率は五十パーセントだそうだ」

「そんな……嘘だっ」

淡々と告げられた事実に、顔から血の気が引いて、紙のように白くなる。

失敗する可能性もあるのだ。手術さえ受ければレオニードは必ず治る。そう信じていたかったのに、希望が半分しかないなんて、ひどすぎる。

「だからこそ、この手術では世界で一番との実績を持つドクターの復帰を待っているのだ。おまえは現場から逃げたにもかかわらず、この城に来てからは殊勝な態度を取っている。だからおまえへの報復は保留にしてやっている。これからもレオニード様に誠心誠意尽くせ。レオニード様はおまえのせいで、不自由な生活を強いられている。それを絶対に忘れるな」

エミリオは厳しい表情で告げ、部屋を出ていった。

残された凪は、がっくりとテーブルに両肘をついて、頭をかかえこんだ。

決して許されないことをしでかしてしまったのに、居心地のよさに、甘え始めていた。

エミリオはきっとそれを見抜いて、釘を刺したのだ。


バルデッツリ城は、一面が緑の丘陵地帯に建っている。目の前に湖があって、晴れ渡った日には、遥《はる》か北方にイタリア・アルプスが望めるという絶好の場所だ。

森と湖に囲まれた城は、おとぎ話に出てくるように美しい。

凪は、この日、レオニードとともに湖まで足を伸ばし、ボートハウスのテラスで、持ってきたランチボックスを開けた。

「わあ、すごい、美味しそうだ！」

思わず歓声を上げてしまい、そのあと凪はさっと青ざめた。

見えないレオニードを気遣うのを忘れていたのだ。

「わたしなら大丈夫だ。腹が減ったなら、遠慮せずに食べればいい」

凪の心境を察したのか、レオニードはなんでもないふうに言う。

凪は胸が痛くなった。この口ぶりでは、やはり一緒に食事を取る気はなさそうだ。

レオニードは頑丈な木の椅子にゆったりと腰を下ろし、凪のほうに顔を向けている。

彫りの深い顔は貴族的に整っている。そして長身に合わせたしゃれたスーツがとても似合っていた。

風が冷たいかもしれないと思ったので、今日は凪もシャツの上からジャケットを羽織っている。

けれど細身の凪では肩幅、チェスト、ウエスト、どれ一つとして及ばない。レオニードのように、さらりとかっこよくスーツが似合う男にはなれそうもなかった。

陽射しの中で見る青い瞳は、いつもよりさらに澄みきっている。

美しいこの景色も、レオニードの目には映っていない。それなのに、レオニードは真っ直ぐに何もかも見透かすように凪を見つめる。

見えるはずもないのに……。

何もかも自分のせいだと思うと、胸が抉られたように痛くなる。

手術は本当に成功するのだろうか。

可能性は五〇パーセント。もし、もし万一、失敗などするようなら、いっそのこと自分の目を代わりにしてほしい。

こんなに男らしくて誇り高い人が、ずっと光を失ったままだというのはどうあっても許せない。でも、今はただ少しでも気が晴れるようにするのが自分の務めだ。

「さあ、一緒にサンドウィッチを食べましょう。中身はきっとローストチキンだと思う」

凪はそう言いながらランチボックスからサンドウィッチを取りだした。そして、もう片方の手をレオニードに伸ばす。

思いきって大きな手をつかんで、持っていたサンドウィッチを押しつける。

「わたしは、いい」

「いやだ、一人で食べたって美味しくないもの。こんなきれいな景色の中なんだから、一人で食べるなんて、もったいない気がする」

言ってはならない言葉をぶつけていた。だから声が妙に甲高《かんだか》くなる。

けれど、誇り高いレオニードには、きっとこっちのほうがいい。目が見えないからと、他人に気遣われる。それを一番嫌っているのだから。

だが期待は裏切られ、レオニードは腹立たしげに凪の手を振り払う。

「あ、つ……っ」

勢いでテーブルにぶつけてしまい、凪は思わず呻き声を上げた。

テーブルの端で擦《す》った程度で、たいしたことはなかった。それなのに凪よりもレオニードのほうが蒼白になってしまう。

「ナギ？　どうした？　怪我……したのか？　ナギ、どこだ？　答えろ」

レオニードは伸ばした両手で空を探り、凪の手を求めていた。

目が見えないとは、こんなにも悲しいことなのだ。

凪はせつない気持ちで、レオニードの手に自分のそれを触れ合わせた。

「ぼくはここです。大丈夫、なんでもないです……怪我なんて、してません」

レオニードは心底安堵したように、深い息をついた。そして一度は振り払われた凪の手が、大きな両手で包みこまれた。

「本当に怪我がないか、確かめよう」

レオニードはそんなことを言って、ナギの手に指先を滑らせる。

慎重に、少しずつ……。

それでも気がすまなかったのか、レオニードは凪の手をそのまま口元に持っていく。

「あ……」

唇でも触れられて、凪はどきりと心臓を鳴らせた。

「痛かったか？」

とたんに、心配そうな声で訊ねられる。

「違います……驚いただけ」

レオニードには見えるはずもないのに、凪は必死に首を振った。

まだ手をつかまれたままだった。

レオニードはふっと微笑んで、再び凪の手に口づけてくる。手の甲から手のひらへ、そして指も一本一本唇で触れられた。

まるで何かの神聖な儀式のようだ。

心臓がわけもなく高鳴ってくる。このままではレオニードに聞こえてしまうのではないかと心配なほど大きく音を立てていた。

凪に怪我がなかったことを、レオニードはただ自分で触れて確かめたいだけだ。それなのに、こんなに意識するのはおかしい。

「あの……ぼくは大丈夫です。サンドウィッチ、せっかくだから一緒に食べませんか？」

凪はレオニードの機嫌を損ねないように、恐る恐る口にした。

「わざわざこのランチを用意させたのはおまえなのだろう？」

穏やかな声に、凪は ほっとしながら頷いた。そして、ふと思い直して口を開く。

「そうです。エミリオはあなたのことをとても心配していたので」

レオニードはふうっと深いため息を漏らし、そのあと苦笑するように口元を歪《ゆが》めた。

「エミリオの奴も、よけいな真似を……だが、いい。食べよう。おまえの前で気取ったところで仕方ない。サンドウィッチはどこだ？　持たせてくれ」

「はい！」

凪は勢いこんで返事をし、レオニードの手にサンドウィッチを一切れ持たせた。

ようやく食べる気になってくれたのだ。それがまるで自分のことのように嬉しかった。

「チーズやフルーツも入ってますよ。それと……ワイン飲みますか？　バローロのハーフボトルが用意してあります。ジュースがよければブルーベリーか、オレンジ……」

「そんなにいっぺんに全部は無理だ。まずはこれだろう。だがあとでワインはもらう」

「はい」

凪は答えながら胸を震わせた。

「おまえも食べるといい」

「はい……」

凪はレオニードを見つめたままでサンドウィッチを口にした。

凪に吹かれ、レオニードの前髪が僅かに乱れていた。貴族的な顔立ちにはいつも見惚れてしまう。そして陽射しの中でさらに青みを増した瞳には、本当に吸いこまれてしまいそうになる。

何もかも自分でせいでこんなことになったのに、レオニードと一緒にいる時間が、いつの間にかとても大切なものとなっていた。

許されないとは思うものの、もうこの気持ちは止めようもなかった。

食事を終えたあとは、再び庭を散策する。

城の敷地はマッジョーレ湖を中心とした湖沼地帯に含まれている。あたりは一面の緑。その中を、湖を渡ってくる爽やかな風に吹かれながら歩くのは本当に気持ちがよかった。

「あの、バルデッツリ家はサヴォイア王家の流れを汲んでいると聞きました」

レオニードのスピードに合わせながら、凪はふと思いついたことを訊ねてみた。

「ああ、そうだ」

「ぼくはよく知らないんですけど、サヴォイア王家はイタリアの独立にも関係しているんですよね？」

「サヴォイア王家はここ、ピエスモンテ州を支配していた。我がバルデッツリ家はその傍流だ。正確に言えば、伯爵だった。だが昔のことだ」

簡単に説明されたが、凪はしばらく声も出なかった。

レオニードが貴族的できれいな顔立ちをしているのも当たり前。いつだって威厳に満ちているのも当然のこと。世が世であれば、この人は一国の王となっていたかもしれないのだ。

レオニードはどんな王様になっただろうか？

物わかりのいい優しい王様か、力強い支配者か……それとも己の信念の下、揺るぎなく民を導いていく帝王か……。

あれこれ夢見ていた凪は、ふっと別のことが気になりだした。

王家の流れを汲むバルデッリ家なのに、どうしてマフィアに関わっているのだろうか？

「どうした、ナギ？　何か気になることがあるのか？」

感覚の鋭くなっているレオニードは、すぐに凪の不安を察して訊ねてくる。

凪は思いきって訊いてみることにした。

「あの、バルデッリ家はどうして今、その……」

「マフィアと呼ばれているのか？」

口ごもった凪に代わって、レオニードがにやりと口角を上げながら言う。

凪はレオニードが見えていないのに、こくりと頷いた。

「おまえをあまり怖がらせたくはなかったが、バルデッリがマフィアであることは事実だ。しかし、ナギ、マフィアにも色々あるのだ。もともとは『名誉ある男《ウォーモ・ドノーレ》』という呼び方から始まっているからな」

「ウオーモ・ドノーレ……？」

「ああ、シチリア島のコーサ・ノストラ、同じく南のカラブリア州のヌドランゲタ、ナポリのカモッラ、サクラ・コローナ・ウニータ……マフィアと呼ばれる組織はイタリア中に散らばっている。そしてその起源にも似たようなところがある。圧政に反抗して立ち上がったもの、村を襲う山賊を追い払うための自警団や、独立運動の地下組織……今ではただの犯罪者集団と成り果てている組織が多いのも事実で、嘆かわしい限りだが」

レオニードは皮肉っぽく言ったが、凪は少しも恐ろしいとは思わなかった。

確かに捕らえられたばかりの頃は、自分の身がどうなるのか不安だったが、このレオニードが率いる組織が裏で犯罪に手を染めているところは想像がつかない。だとすれば、イタリアの独立に関わったというバルデッリ家がマフィアと呼ばれるのは、今まで凪が認識していたものとは百八十度違う理由があるのだろう。

「でも、あなたの命をねらっている組織があるのでしょう？」

「ああ、それも事実だ。バルデッリの事業に割りこもうと、手段を選ばず攻撃してくる輩《やから》がいる。しかし、おまえは何も心配しなくていい。この城の中にいる限り、何も起きはしない。万一のことがあったとしても、わたしがおまえを守る」

言いきったレオニードは、絶対の自信に満ち溢れていた。自分が一時的に盲目であることなど、レオニードにとってはほとんどマイナス要素にはならないのだ。

胸の奥に巣くっていた罪悪感が、ほんの少し軽くなる気がして、凪はほっと小さく息をついた。

4

夜半過ぎ、凪はなんとなく寝つけなくて天蓋《てんがい》つきのベッドから抜けだした。

夜中に歩きまわっては怪しまれるかもしれないが、短い間だけでも外の空気を吸いたい。バルコニーづたいに庭まで下りようと思ったが、夜は下の柵が施錠されている。それで白いシルクのパジャマ姿のまま、そっとドアを開けて階下に向かった。

城内はしんと静まり返っており、電気を点けなくても、外から月明かりが充分に射しこんでいる。

行儀が悪いけれど裸足《はだし》のままで歩いていると、大理石の床がひんやりして気持ちがいい。

凪は自然とピアノの置いてあるサロンに向かった。

弾くことはできないが、ただ単純にピアノが見たくなったのだ。それに音を出さなくても鍵盤に触れるだけでも気分が落ち着くかもしれない。

一面ガラス張りになっているせいで、銀色の月明かりが満ちていた。窓辺の近くに置いてあるピアノが、光の中で黒い影になっている。

凪はそっと歩みよって、ピアノの蓋《ふた》を開けた。

月明かりに白い鍵盤が浮かび上がり、さらにピアノが弾きたいとの衝動が湧き起こる。

静かに椅子を引いて腰を下ろし、凪はそっと鍵盤の上に両手を置いた。

真夜中で、音など出せるはずもないが、せめて指を動かすだけでも……。

欲求が抑えがたく、凪は鍵盤に触れるか触れないか、ぎりぎりの線で手を躍らせた。

イメージだけで弾く曲は、ドビュッシーの『月の光』。ベルガマスク組曲に収められている小曲だが、これほど今の光景に相応《ふさわ》しいものはない。

月明かりの中でどれほどそうしていただろうか。室内でカタリと物音がして、凪は手を止めた。

はっと目を凝らしてみると、室内に現れた人影はなんとレオニードだった。

凪と同じように眠れなかったのだろうか。まだスーツ姿のままで、月明かりに照らされた顔にも苛立たしげな表情が浮かんでいる。

レオニードはステッキを頼りに歩き、ソファの位置を確かめると、どさりと腰を下ろす。

凪がいることには気づいていない。ただレオニードは眉間に皺をよせて、窓のほうを眺めているだけだ。

こんな夜中に一人でうろついていたなどと、知られないほうがいい。凪はじっと息を潜めてレオニードを見守った。ほんの僅かでも動けば、勘のいいレオニードを驚かせてしまう。

おそらく見えないことでストレスを溜めているのだろう。昼間は絶対に弱ったところを見せないのに、彫りの深い顔には明らかに憂《うれ》いが滲《にじ》んでいた。

月明かりはこんなに美しいのに、レオニードがそれを見ることはない。

そう思うと、凪まで悲しくなってくる。

もし、この美しさを感じ取ることができたなら、レオニードだってずいぶん気持ちを慰められるだろうに……。

そうだ……ピアノだ……ピアノがある。

ピアノでこの美しい月明かりを見せてあげることができるかもしれない。

凪は静かに息を吸い、レオニードから窓へと視線を巡《めぐ》らせた。

銀色に輝く月明かり……それを今一度自分の目に焼きつけてから、すっと鍵盤に両手を乗せる。

そしてもう何も考えずに、今度は本当に鍵盤の上で指を滑らせた。

銀の光がさらさらと……こぼれるように降り注いでいる……。

そのイメージだけを追ってピアノを弾く。するときれいに響く音に合わせて、小さな光の粒が踊りだす。

流れるような旋律と印象的な和音。美しい音色が響くたびに、銀の光が乱舞する。

凪は無心で音を紡《つむ》いだ。

部屋中に月明かりが満ち、最後の音が銀色の光に融けこんでいくまで……。

目を閉じて余韻に浸っていると、しばらくして再びあたりが静寂に包まれる。

「……美しい……月明かりだった……ありがとう、ナギ……」

低くため息をつくような声が漏れ、その時になって凪はようやく自分のしたことをはっきりと自覚した。

ほとんど無意識にピアノを弾いてしまった。

本当はいけなかったのだ。レオニードは渚のピアノを知っている。今の凪では遠く及ばないほど素晴らしい音を。

今さらのように怖くなって、凪は身体中を強ばらせた。

もしかしたら、気づかれたかもしれない。自分が渚ではない、偽者だと……。

「ナギ、こっちに来てくれないか」

「あ、……」

静かに言われ、凪は喉《のど》をこくりと上下させた。

心臓が大きく音を立て始める。

どうしよう……どうやってこの局面を切り抜ければいい？

「ナギ、どうかしたのか？」

「あ、なんでもないです」

心配そうに問いかけられれば、そう答えるしかない。

「ナギ、おまえにもっと感謝の気持ちを伝えたい。だがわたしが動けば、せっかくきれいなピアノを聴かせてくれたばかりなのに、無粋な音を立ててしまうかもしれない」

かすかに口元を歪めて言ったレオニードに、凪は胸を衝かれた。

目が見えないせいで動きが制限される。それがどれほどレオニードに負担をかけているか。この誇り高い人は、どれほど自分をもどかしく思っているか。

いつも絶対に自分の弱点を見せない人なのに、こんなことまで言わせてしまったのだ。

「今、行きます……」

凪は静かに立ち上がってレオニードのそばに歩みよった。そしてソファのそばで両膝をつく。

レオニードはすっと手を伸ばして凪の頬に触れた。それから腰をかがめて、凪の額にそっと口づける。

温かな感触に、思わず涙がこぼれそうになった。

これはレオニードからの感謝のキスだ。でも、自分にはこのキスを受ける資格がなかった。

渚の代わりにへたなピアノを聴かせてしまったのに、こんなふうにキスしてもらうなんて……。

まして、レオニードの目を見えなくしたのは、他ならぬ凪自身なのに。

たまらなくなって胸を震わせていると、いったん離れたレオニードの唇が、思わぬ場所へ移ってくる。

「……！」

唇にそっとキスされて、凪は目を見開いた。

「ナギ……」

囁くような声とともに、もう一度唇を押しつけられる。今度のは触れるだけではなく、もっと本格的なキスだった。

「あ……」

いつの間にかレオニードの手が背中にまわって、しっかりと抱きしめられる。逃げようがなくなった凪は、そのまま深いキスを受け入れてしまった。

唇のラインを舌先でそろりとなぞられる。

「……っ」

思わず吐息をこぼすと、僅かにできた隙間も舌先で探られる。

心臓の音が恐ろしいほどに大きく響いた。

それでも凪は逃げることさえ思いつかなかった。

何度も隙間を舐められているうち、徐々に力が抜けてくる。そしてとうとう半開きとなった口の中に、レオニードの熱い舌先が侵入した。

「……ふ……ん、……く……っ」

レオニードの手に力が入り、凪の身体が強く引きよせられる。それと同時にぬめった舌が淫らに絡められた。

駄目だ……こんなキス……これは、恋人同士がするキスだ……。

違う……ぼくは渚じゃない……だから、こんなふうにキスしちゃ駄目なのに……。

頭ではそう思うものの、凪の身体はすでにぐったりとして力が入らなかった。

レオニードの舌が口中を探るように動きまわり、舌が絡み合っただけで、身体中が痺れたように熱くなった。

「んっ……んぅ……んっ」

大胆な動きで唾液がこぼれ、静かな室内でいやらしい音が響く。

こんなキス……駄目……っ。

もういやだと押し返せばいいだけだ。優しいレオニードはそれ以上無理強いしてこないだろう。

それなのに凪はすっかりキスに酔わされてしまい、拒否することさえできない。

レオニードは凪が抗《あらが》わないせいで、ますます深く口づけてくる。

気持ちがよかった。今まで誰ともこんなキスをしたことがない。キスがこんなに甘くて気持ちのいいものだとは、知らなかった。

身体中から力が抜ける。凪はどうしようもなくて必死にレオニードに縋った。

「んんっ……ん、く……っ」

散々貪《むさぼ》られて、もう息が止まってしまうと思った頃、ようやくレオニードの唇が離れる。

凪は目を潤ませながら懸命に呼吸を整えた。

「ナギ、やはりおまえはかわいい……今、おまえはきっと赤くなっているのだろう」

「そんな……こと、ないですからっ」

恥ずかしい言葉によけい頬が熱くなる。

凪は思わずそっぽを向いたが、まだレオニードに抱かれたままなので、逃げるわけにはいかなかった。そのうえレオニードはすうっと凪の頬を撫でてくる。

「やっぱり赤くなっていた」

「や……っ」

頬の温度を確かめるように人差し指が動かされ、凪は細い身体をくねらせた。けれどレオニードの腕はしっかりと絡みついている。

「ナギ、いきなりキスして怒ったのか？」

レオニードはやわらかく微笑みながら訊ねてくる。声音にはからかうような調子があった。

凪にとっては初めての口づけでも、レオニードは違う。きっと今まで何度も渚にキスしているはずだ。

そのことに思い至った瞬間、凪の胸はきしむように痛んだ。

レオニードを騙している。その罪の意識に勝るほどの喪失感を覚えてしまったのだ。

本当なら、今のキスだって渚のものだったはず。

自分は身代わりで口づけられただけだ。

レオニードから光を奪うという大きな罪を犯したのは、他ならぬ自分だった。そしてレオニードが失った光を取り戻すまで、少しでも手助けするのが今の凪に与えられた使命だ。

「ぼくは……いやだなんて思ってません。ただ、ちょっと驚いただけで」

凪は再びレオニードに視線を戻し、はっきりと告げた。

整った顔に笑みが浮かび、また心臓がとくんと一つ大きく鳴る。

「いやじゃないなら、もう一度キスしていいな？」

「え、……ぁ、ん……っ」

拒む暇もなく、先程よりももっと強く抱きよせられて、唇を塞がれる。

レオニードは凪の後頭部に手をあてがい、さらに深く貪るように口づけてきた。

喘いだ隙に舌を挿しこまれ、口中を淫らに探られる。

「んんっ……んぅ……」

凪はまた甘いキスに酔わされた。とろけるように優しいくせに、強引で情熱的……今まで特定の恋人など持ったことのない凪は瞬《また》く間に夢中にさせられる。

「ん……ん、く……ぅふ……っ」

息継ぎさえままならないほどレオニードの舌が淫らに動き、身体の芯がかっと熱くなる。そしてその熱に冒されたように頭までぼうっとしてきた。

レオニードはぐったり力の抜けた凪の身体を膝の上に抱き上げた。それと同時にレオニードの手がするりと動いて、パジャマの裾から中へと潜りこんでくる。

それでふっと正気に戻った凪は、また新たな羞恥に駆られた。

レオニードはきちんとしたスーツ姿なのに、だらしなくパジャマを着たままで城の中を動きまわり、ピアノまで弾いてしまったのだ。

けれど、そんなことを考えている間も、レオニードの甘いキスが続く。

「んっ……ん、ぅ」

首を振っても片手でしっかり頭を押さえられているので、たいした抵抗はできなかった。そしてレオニードの手がさらに大胆に動き、凪の素肌を這《は》い始める。

背中を撫でられているうちはまだよかったが、その手が脇腹をとおり、胸にまでまわってきた。

乳首の先端をつまみ上げられたとたん、凪は大きく身を退いた。

恐ろしいほどの刺激が身体中を駆け巡り、しゃにむに暴れてレオニードの腕から逃げだした。

「いやっ……！」

「ナギ……」

レオニードはいかにも不審げに、眉間に皺をよせている。

やはり渚とは親密なつき合いをしていたのだろう。甘く淫らなキスをして、肌も合わせるようなつき合いを……。

だから過剰な拒否反応を示した凪が、信じられなかったのかもしれない。

レオニードを怒らせたくないけれど、どうしていいかわからない。

このままいけば、きっとレオニードに抱かれることになる。そのくらいはいくら奥手の凪にもわかる。

でも、いやだとは思わなかった。もしレオニードが求めてくるなら、拒みたくはない。

しかし……いくら渚の代わりを演じる必要があっても、そこまでできるだろうか？　それに、本当に深く結びついてしまったら、きっと渚じゃないとわかってしまう。

「ナギ、無理強いするつもりはない。驚かせてすまなかった」

怒りを押し殺すような固い声が響き、凪は申し訳なさでいっぱいになった。

「そんなっ……違う。ぼ、ぼくのほうこそ……ごめん、なさい……」

レオニードは凪を怒ったわけではない。むしろ自分自身に対して腹を立てている。

どこまでも優しい人なのだ。そう思ったら胸が痛くなる。

なんとか気持ちをわかってもらおうと、凪はレオニードの胸に自分の細い身体をもたれさせた。

そうやって行動で示さないと、目の見えないレオニードにはわかってもらえない。

「ナギ……わたしは」

「ぼく、恥ずかしかっただけです……それに急だったからちょっと驚いて」

懸命に言い募ると、緊張気味だったレオニードの身体から力が抜ける。

そっと壊れものを扱うように抱きしめられて、凪はまた泣きたくなった。

自分が本物の渚だったら、どんなによかったかと思わずにはいられない。

「ナギ、わたしは不本意ながら、どこかの馬鹿者のせいで視力を奪われてしまった。情けないことにおまえの表情さえ読めない」

腹立たしげな声に、凪は息をのんだ。

どこかの馬鹿者……それは自分のことだ。

「ナギ、怖がらせるつもりはないのだ。最初におまえを見た時から、かわいい子だと思っていた。それにおまえはとても優しい。他の者たちはわたしを怖がって、まるで腫れものを扱うように遠巻きにしているのに、おまえだけはこんなわたしでも今までと変わらずに接してくれた。感謝している。おまえのことがますます大切になった。だから、約束してほしい。いやだと思ったら言いなさい。わたしはおまえを大事にしたい」

「……」

優しい言葉はますます凪の胸を深く抉った。

大切に思われているのは渚で……自分じゃない。

レオニードの思いが真剣であればあるほど、凪の傷は深くなった。

どうして、こんなに胸が苦しいのだろうか。

涙を堪えるには大変な努力が必要だった。

けれど凪は必死に笑みを浮かべて、自分からそっとレオニードを抱きしめた。

5

城の中で静かに暮らしていると、外界のことを忘れてしまいそうになる。

凪には、バルデッリがマフィアであることさえ、ほとんど気にならなくなっていた。

理由ははっきりしている。ボスであるレオニードが常に優しく接してくれるからだ。

エミリオの視線には相変わらず批判的な鋭さを感じるが、優秀な側近は、ボスの意向に逆らったりしない。他に見かける部下や城の使用人たちも、完全に凪を城の客として扱っていた。

凪はレオニードの勧めで、しばらく途絶えていたピアノの練習を再開した。

未熟さを露呈するようで渚には悪いと思うが、鍵盤に触れられることが何よりも嬉しかった。

レオニードには一度ピアノの音を聞かせてしまったのだ。今さら隠したところでどうしようもないと開き直った部分もある。

ミラノから持ってきたのは、教授から課題で出されていたリストの楽譜だけだったが、暗譜している曲は他にもいっぱいある。

朝食を終えたあと、レオニードは側近の者と打ち合わせに入るので、その間に凪は精一杯ピアノの練習に励んだ。

リストの『超絶技巧練習曲』――。

フランツ・リストは十九世紀ハンガリー生まれのピアノの巨匠、そして偉大な作曲家でもあった。題名のとおりピアニストとしての超絶技巧を要求される練習曲は、全部で十二曲あって、それぞれ調が異なっている。ピアノを学ぶ者なら誰もが一度は手をつける練習曲集だ。

凪は左手が忙しなく動きまわる、四番嬰ト短調の『テレク川』と名づけられた曲を心ゆくまで練習し、そのあと続けて『パガニーニによる大練習曲』に移った。

パガニーニはイタリアで活躍した大ヴァイオリニストであり、作曲家でもあった。誰にも真似のできない超絶技巧を駆使しながら、華やかな音楽を響かせる。リストはこのパガニーニに憧れと尊敬の念を抱き、彼の作曲した『二十四の奇想曲』から六曲を選んでピアノ用に編曲した。

凪が好きなのは、もっとも有名な曲でもある『ラ・カンパネッラ』だ。

完璧に粒を揃えた音で、全体は可憐で優雅に……。

凪はピアノの音を鳴らせるのに夢中で、レオニードがすぐ近くまで来ていることに気づかなかった。

音楽に対して理解のあるレオニードは、凪がさらっていたフレーズを弾き終えてふうっと息をつくまで、声をかけるのを控えていたらしい。

「『ラ・カンパネッラ』か……とてもかわいらしくて、天使が戯《たわむ》れているような音だな」

「あ、レオニード……すみません、いらしたのに全然気づかなくて」

レオニードはピアノのすぐそばに立っていた。

上質な三揃いをすっきりと着こなした姿は、威厳に満ち溢れている。彫りの深い整った相貌を目にしただけで、凪は頬を染めた。

「練習の邪魔をしてしまったか？」

「いえ、大丈夫です。ちょうど一息つこうと思っていたので」

凪は頬を熱くしたままで答えた。

渚ならなんの苦労もなく完璧に弾きこなすところを、何度もつかえてばかりいた。その恥ずかしさだけではなく、レオニードの顔を見たとたん、キスされた時の感触まで思いだしてしまったのだ。

「休憩していいなら、散歩にでも行くか？　外はいい天気だそうだ」

「はい、すぐに」

凪は慌てて立ち上がり、ピアノの蓋を閉じた。

こうしてピアノを弾き始めるまでは、凪のほうが散歩を急かしていたのに、レオニードに催促させてしまったことを申し訳なく思う。

レオニードが視力を取り戻すまで、できる限りの手助けをする。そう胸に誓ったはずなのに、自分のことにばかりかまけていた。

凪はちょっとためらった末、レオニードの腕にするりと自分の手を滑りこませた。

レオニードは意外そうに片眉を上げたが、このぐらいならサポートというより、親しい者同士の軽い愛情表現の範囲だろう。

まして、渚はレオニードの恋人なのだから、腕を組むぐらい……。

けれど、そんな想像をしただけで、またつきりと胸が痛くなった。

渚の身代わりでしかないことが、こんなにもつらい。

でも、レオニードを傷つけたのは他ならぬ自分なのだから、渚の代わりに彼を慰めるのも自分の義務だった。

「さあ、行きましょうか」

凪は努めて明るい声を出しながら、出口に向かって歩きだした。

「すみません、レオニード様。ちょっとお耳に入れておきたいことが」

エミリオがいつもながらの厳めしい顔つきでレオニードを呼び止めたのは、バルコニーから直接庭に出た時だった。

「なんだ？　急用か？」

「はい。失礼します。実は……」

エミリオはそばにいる凪には聞かせたくなかったのか、レオニードに耳打ちするように声をひそめた。

席を外したほうがいいだろうと思ったが、レオニードはしっかり凪の腰を捕らえたままだ。すぐそばに立っているのだから、いくら小声でもエミリオとレオニードの話は自然と耳に入る。

「……ですから、コスタ・ファミリーの仕業だと……」

「コスタなど、取るに足りん小者だ。それで、手配はすませたのか？」

「はい、すべて抜かりなく……それで申し訳ないのですが、今日は城の警備につく者を何人か入れ替えております」

「人数は？」

「それはいつもと変わりありません。奴らのねらいは倉庫です。レオニード様のことは諦めたものと判断しました」

「おまえがそう言うなら、いいだろう。倉庫のほうも、おまえに全部任せる」

「はっ」

エミリオは礼儀正しく腰を折って、その場を離れていった。

「さあ、すっかり邪魔されてしまった。出発するぞ」

「あ、でもエミリオの話……何かトラブルでもあったんじゃないですか？」

凪が訊ねると、レオニードはふっと息をつく。

「おまえが心配することは何もない」

「でも……」

「ナギ……いいだろう。へたに隠し立てすると、おまえをよけいに怖がらせるようだ。説明してやろう。バルデッリが自動車の製造会社を所有しているのは知っているか？」

「はい……」

レオニードは広大な庭へ足を踏みだしながら、会社がかかえているトラブルを明かした。

スマートで性能のいいイタリア車のファンが世界中にいるのは有名な話だ。バルデッリはその中でも熱狂的な支持を受けているメーカーだった。生産台数が極端に少なく、一台あたりの価格がとてつもなく高額になる、いわゆるスーパーカーというやつだ。

それだけに、バルデッリが製造する一台の車には、他にはない特別な秘密が隠されているということになる。

他の追随を許さない独創的なデザインと、一つ一つのパーツから手作りされる性能の高さ。新車が発表される間際になると、それらを盗みだそうとする産業スパイが、星の数ほどまわりをうろつくというのだ。

今回バルデッリをねらっているのも、どこかのメーカーと秘密裏に結託したマフィア組織だという話だった。最終的な目的は新車の設計図だ。

しかし、どんなに卑劣な襲撃をされようと、態勢は整えている。だから、何も心配するな。

レオニードは最後にそう言って、力強く凪の肩を抱きよせた。

凪が事故を起こした時、散々疑われたのも、その組織に関係しているのではないかと思われたからだろう。

バルデッリ城の広大な敷地は短時間で踏破できるものではない。

そのため凪とレオニードは、毎日少しずつ散策する場所を変えていた。

この日は城の裏手にある果樹園を目指して進んだ。

「すごい！　真っ白な花がいっぱい咲いてる！」

正面に現れた景色に、凪は感嘆の声を上げた。

気を遣いすぎたり、遠慮したりすると、レオニードの機嫌が悪くなる。だから凪はなんでも素直に口にするよう心がけていた。

「確か、このあたりは林檎《りんご》園だったはずだ」

「ええ、そうみたいです。林檎の樹、今が花の盛りなんですね。風が吹くと花びらが飛んですごくきれいですよ」

凪は足を止めて、長身のレオニードを見上げた。

青い瞳は何も映していないはずだ。それでもレオニードは目を細めて、まわりの景色を楽しんでいるように見える。

「ナギ、おまえには本当に感謝している。おまえがそばにいてくれなかったら、わたしはどうなっていたことか」

突然、ふわりと頭をかかえこまれ、凪は鼓動を速めた。

「ぼくは別に、何もしてないのに……」

「城に戻ってきた時、わたしの機嫌が最悪だったのは知っているだろう？　今まで当たり前にできていたことがまったくできなくなった。それがどういうことか、実際にこうなった者でなければ、想像できないだろう。事故だった。運が悪かっただけだ。命を落としたかもしれないところを助かったのだから、気落ちするな。そんなふうに慰められたところで、納得できるはずがない。それに、腫れものを触るように皆に気遣われると、今度は自分が何もできない無能者に思えてくる。おまえだけだ、ナギ。わたしに普通に接してくれたのは。おまえのお陰で、わたしは無能者にならずにすんでいる。だから、おまえには本当に感謝しているのだ」

「レオニード……」

凪は胸が詰まって、俯《うつむ》いた。

自分は感謝されるに値しない。それどころか、レオニードをこんな目に遭わせた張本人なのだ。

レオニードが絶対に許さないといった犯人なのに……！

「ナギ？　どうした？　何かあったのか？」

レオニードが不安げに訊ねてくる。

表情を読めないレオニードには、凪の声だけが頼りなのだ。本来のレオニードは誇り高く威厳に満ちた支配者だ。内心でどれほどもどかしい思いをしていることか。

「なんでもないです」

凪は重苦しい思いを振り払うように、ことさら明るい声を出した。

レオニードはほっと息をつき、それからまた前方へと歩き始めた。

林檎園の真ん中を突っ切るように細い道が続いている。普通の農地とは違って、林檎の樹はばらばらの間隔で植えられていた。そのため自然にできた樹林のようにも見える。

時折頭上から降ってくる花吹雪の中を行くのは、とてもロマンチックだった。

「小石がたくさんありますから、気をつけて」

「ああ、わかった」

レオニードは片手でステッキを持ち、もう片方の手を凪のウエストに当てている。

凪はいつもどおりに、最低限の注意だけを与えながら進んでいった。

「もう少し行くと、作業用の小屋があるはずだ。そこのテラスで休憩しよう」

前方にはレオニードの言った古いログハウスふうの建物が見えた。今日も厨房で用意してもらったランチを携《たずさ》えている。

中身はなんだろうと、つい頬をゆるめてしまったが、そのあと凪はふっと真顔に戻った。

歩みよっている小屋の裏手で何かの影が動いたような気がしたのだ。

何故だか背筋がざわりとなった。

でも、あれはきっとエミリオの言っていた警護の人たちだろう。よけいなことを言って、レオニードを心配させたくない。

凪は不安を振り払い、そのまま小屋まで進んだ。

「階段ありますよ。三段。テラスは右手です」

「ああ、わかっている」

丸太を積んだ小屋は古びた感じがしたが、きちんと手入れがされている。清掃も行き届き、テラスに据えられた木製の大きなテーブルには、真っ白なリネンのクロスもかけられていた。上にクリーム色の薔薇《ばら》を一輪挿した素焼きの花瓶が置いてある。

城の使用人たちは、いつ主人を迎えてもいいように、敷地の外れにあるこんな場所までしっかりと管理しているのだ。

警護の者たちの影は見えなかった。レオニードの目につかないように隠れていろとの命令が徹底しているのだろう。窓からちらりと中を覗いたが、誰の姿も見えなかった。

「ランチ、広げますか?」

「そうだな」

「今日は何が出てくるんだろ。なんだかわくわくする」

凪は持ってきたバスケットをテーブルに載せ、さっそく蓋を開けてみた。

赤と白のギンガムチェックのナプキンに包まれた中に、食べやすく調理されたものがぎっしりと詰まっている。

だが、凪がレオニードに中身の説明をしようと思った時。

「ナギ、ちょっと待て」

「え？」

「静かに」

鋭く命じられ、凪は思わず緊張した。

前に座ったレオニードの表情がやけに険しくなっている。

何事が起きたのか、凪には少しもわからなかった。レオニードは、動くなというように片手で合図する。

人が揉み合って争う音が聞こえたのはその直後だった。

「レ、レオニード……！」

「ナギ！　わたしのそばへ！」

レオニードはすっと立ち上がって手を差しだす。凪は何も考えずにテーブルをまわってレオニードのそばへ走りよった。

「この野郎！　待て！」

「何をする？　離せっ！」

「レオニード様、危ない！」

突然聞こえてきた叫びが交錯する。

続けて耳をつんざくような銃声がした。

目の前で薔薇を挿した花瓶が粉々に砕け散る。ランチを詰めたバスケットもぐにゃりとひしゃげて駒のように跳ね上がった。

掛け値なしの恐怖で全身が硬直する。

「あ、あぁぁ――――っ！」

「ナギ！」

悲鳴を上げ、がたがた震えるしかなかった凪を、レオニードが力強く抱きしめる。そのままどっと丸太の壁に身体を押しつけられた。

長身に視界を塞がれる寸前、凪は三人の男たちがテラスに飛びこんでくるのをとらえた。

「死ね！　バルデッリ！」

「おまえはもう終わりだ！」

男たちの威嚇《いかく》が終わらないうちに、とっさに振り返ったレオニードがステッキを振り上げる。

まったく見えていないはずなのに、男は腕を跳ね上げられて拳銃を取り落とした。もう一人、飛びかかってきた男には長い足で蹴りを入れる。

レオニードは流れるような動きで襲いかかってきた敵を迎え討った。

信じられないことに凪を後ろに庇《かば》いながら、しかも敵の動きがすべて見えているかのように素早い動きだ。

凪は足をすくませ、震えながら見ているしかなかった。

だけど他にもまだ拳銃を持っている敵がいる。レオニードの力に恐れをなしたのか、離れた場所から銃でねらっている。後ろから警護の者らしい男たちが駆けよってくるけど、間に合いそうもない。

駄目だ！

レオニードは気づいてない！　あいつはレオニードをねらってる！

仲間に当たるのを恐れて弾を撃ってなかっただけだ。なのに、レオニードは最後に残った敵にも強《したた》かに拳をみまって床に沈めてしまった。

「左にいる！　ねらってる！　撃たれちゃう！　逃げてっ、逃げて――っ！」

叫んだ瞬間、男が引き金を引く。

凪は夢中でレオニードの身体を突き飛ばした。逞しい身体は背後から不意打ちをくらっても、ほんの少ししか揺らがない。

その直後、恐ろしい銃声が響き渡った。弾はレオニードの肩を掠《かす》めて小屋の壁を直撃する。

「あああっ！」

喚いた瞬間、ぐわんと視界がぶれた。

レオニードが凪を腕に抱きこんでテラスの床を転がる。

「いやだ！　撃たれる！　あなたが撃たれる！」

「ナギ、大丈夫だ。おまえだけは守ってみせる」

レオニードは凪を庇うように覆い被さっている。逞しい身体の重みで押し潰されそうになりながらも、凪は死に物狂いでもがいた。

「いやだ、こんなの、いやだ……し、死なないでっ！　死んじゃいやだ！　あなただけでも逃げてっ！　ぼくのことなんかいいから、逃げて――っ」

「ナギ、いい子だ。ナギ」

レオニードは宥めるように言いながら、ますます凪を強く抱きしめた。

「ぼくじゃない。あなたがっ！　レオニード！」

凪はもがきながら泣き叫んだ。

盾になんか、なってほしくない。レオニードが撃たれたら、どうしていいかわからない。

自分を守ってレオニードが死ぬなんて許せない！

絶対に許せない！

「ナギ、ナギ……大丈夫だ。もう終わった。泣かなくていい。大丈夫だから」

抱きしめられたままで、何度も頭を撫でられる。

「レオ……ニード……っ」

しゃくりあげた凪は、ようやく銃声が止んでいることに気づいた。

代わりに、すぐ近くで大勢の男たちが床を踏み鳴らす靴音が聞こえる。

「レオニード様、お怪我は？」

「こんなことになって、申し訳ありません！　どこかお怪我は？　大丈夫でしたか？」

警備の者たちが駆けつけてきたのだ。

「ナギ、怪我はないか？　どこか傷ついているのではないか？　頼むから返事をしてくれ。ナギ」

レオニードは警備の男たちには返事もせずに、切迫した声を出しながら凪の頬を撫でている。

髪に触れ、首筋から肩、腕、脇腹と順に指先を滑らせてきた。

整った顔には悲壮感が漂っている。目で見て確認できないことで自分自身に対して怒りを覚えているのだ。

「ナギ、返事をしてくれ。どこか、どこか怪我をしたのではないか？」

常に帝王のような迫力に満ちているレオニードなのに、声が震えている。

頭をぎゅっと抱えこまれ、初めて凪はぴくりと反応した。

「大丈夫……平気……怪我はしてない。あなたこそ、銃で撃たれたのでは……？」

掠れた声を出した凪に、ようやくレオニードが安堵したように息をつく。

「ああ、神よ……感謝します」

そう低く呟いて、レオニードはゆっくりと凪を抱き起こした。

「怖い思いをさせてすまなかった。幸い誰も怪我はしていないようだ」

「レオニード……よかった……よかった……っ」

今になって、どっと涙が溢れてくる。

それと同時に、身体がまた小刻みに震えだした。起き上がったレオニードにしっかり抱かれていても、震えが止まらない。

銃撃されたのだ。

今まで過ごしてきたごく普通の日常では、絶対に起きえなかったことだ。

恐ろしい音だった。

木のテーブルの上にはまだその痕跡が残っている。丸太を組んだ壁にも弾痕があって、白煙をくすぶらせていた。

あれが、もしレオニードに当たっていたら！

凪は身を裂くような痛みに襲われ、思わず自分の胸を掻きむしるようにシャツをつかんだ。

「申し訳ありません。警護のミスです。こいつらは出入り業者に化けて城の中に入りこんできました。新しく雇った使用人の中に手引きした者がいたようです」

まわりにはまた新たな男たちが駆けつけ、テラスの床に倒れている襲撃者を次々に引き立てていく。中の一人がレオニードのそばで報告を始めた。厳つい顔をした男だが、大きな失態をしたことで青ざめている。

レオニードは凪の腰をしっかりと支えながら、うるさげに男の言葉を遮った。

「報告ならあとで聞く。ナギがひどいショックを受けている。部屋に連れ帰って休ませるほうが先だ。すぐにドクターの手配をしろ」

「はっ、かしこまりました」

「それから、ナギを連れていくのに……おまえの手を、貸せ」

レオニードは顔をしかめて指示する。

「ぼ、ぼくは大丈夫ですから」

凪は慌てて止めたが、レオニードはゆるく首を振るだけだった。

「大事を取ったほうがいい。今は大丈夫でも、あとで影響が出るかもしれない。本当はわたしが抱いていってやりたいが……このざまでは仕方ない」

レオニードはいかにも腹立たしげに吐き捨てる。

目のことを言っているのだ。レオニードは見えないせいで凪を危険な目に遭わせたと思っている。そしてろくに面倒も見てやれないと、自分自身に憤《いきどお》っている。

それも本当は凪が車をぶつけたせいなのに。

「わかりました。あなたの言うとおりにします」

凪は結局そう答えるしかなかった。

6

警備の者たちの手を借りて、凪は城内の自室に戻された。

天蓋つきのベッドに寝かされて、急遽《きゆうきよ》呼ばれたドクターの診察を受ける。レオニードはその間ずっとベッドの横に立ったままだった。

「気分は悪くないかね？」

「大丈夫です」

「今のところ身体には別に異常がない。だが、しばらく様子を見たほうがいいだろう。何か少しでも変わったことがあれば必ずそう言いなさい」

茶色の髪をした四十代の医者は、脈を取っていた凪の手を離し、優しい口調で言う。

「わかりました。先生」

凪が答えると、医者は頷いて後ろを振り返った。

「伯爵、今は何も異常がないようですが、こういうケースはあとからが心配です。しっかり見守っていただけるように、伯爵のほうからご手配いただきたい」

「わかった。ナギのことはわたし自身が責任を持って見守ろう」

自信を持って言うレオニードに、医者は意外そうに片眉を上げた。

「それとも、監視役がわたしでは役に立たないか？」

気配を察したレオニードが皮肉っぽくたたみかける。

「いえ、伯爵が責任を持ってくださるとのお言葉、何よりのものです。二、三日中にまた様子を窺いにまいりますので」

医者は慌て気味に告げて、聴診器を鞄にしまいこむ。そしてすぐに看護師を連れて部屋から出ていった。

レオニードと二人きりになると、凪の目からまた自然と涙がこぼれてきた。

声を立てれば心配させてしまうから、懸命に嗚咽《おえつ》を上げるのを堪える。

泣いてしまったのは、安心したせいだ。何よりも、レオニードが無事だったことが嬉しかった。

最後まで自分を守ってくれた男は、そろりと慎重にベッドのそばまで歩みよってくる。

「ナギ、おまえをこんな目に遭わせてしまったこと、許してくれ。わたしは目が不自由であると認めたくないばかりに、判断を誤っていた。おまえがいるのだ。もっと警戒を強めるべきだった。多少うるさかろうと、外を歩く時はもっと近くでガードさせるべきだった」

レオニードはベッドの上で手を彷徨《さまよ》わせている。凪は慌ててそのレオニードの手を自分の両手で包みこんだ。

「ぼくのことはいいんです。怖かったのは、あなたが撃たれてしまうんじゃないかと思ったから」

レオニードは握られた手をそのまま自分の唇に近づけてそっと口づける。そして、ほっとひと息ついてから口を開いた。

「ナギ……おまえが無事でよかった……もし、おまえの髪の毛一筋でも傷つけていたとしたら、わたしは一生自分のことが許せなかっただろう」

「ぼくだって、あなたに怪我がなかったとわかって、どんなに嬉しかったか」

凪は唇を震わせながら訴えた。

レオニードは見えない目でじっと見つめてくる。

晴れ渡った空よりも青い瞳……この色はアドリア海の色だ。深く澄みきった紺碧の双眸……。

本当に吸いこまれてしまいそうだった。

ぴくりとも動かずに息を詰めていると、レオニードがそっと腰をかがめ、口を近づけてくる。

少しも過《あやま》たず、しっかりと唇を塞がれた。

押しつけられた温かみに、また涙がこぼれてきそうになる。

レオニードが撃たれるかと思った時に、はっきりとわかってしまった。

自分の命なんかどうでもいい。レオニードが何よりも大切で……。もしあの時、レオニードに何かあったら、自分も生きていられないと思った。

いつの間にか、好きになっていたのだ。

だから、口づけられただけで、こんなにも胸が震えて涙がこぼれる。

レオニードが好き……。

いや、好きだけじゃ全然足りない。誰よりも愛している。

「……っ、……んっ……」

レオニードは凪の両頬を大きな手で挟んで、さらに深く口づけてくる。

しっとりと吸われると、身体の芯が徐々に熱くなってきた。

キスは初めてじゃないのに、淫らに感じてしまう。

「んっ、ふ……っ、ぅ……んっ」

息苦しくて喘いだとたん、熱い舌が口中に滑りこむ。ぬるりといやらしく絡ませられて、凪はさらに大きく胸を上下させた。

レオニードはベッドサイドに膝をついていたが、凪の上にのしかかっているような格好だ。

「……んっ……んぅ……ん、ふ……っ」

静かな部屋に、鼻にかかった喘ぎ声だけが響く。唾液の絡む水音も耳につき、かっと恥ずかしさに襲われる。

でも情熱的にキスを交わしている相手はレオニードだ。恥ずかしさよりも、離れたくない気持ちのほうが上まわり、凪はレオニードのなすがままに口づけを受け入れた。

「ん……ぁ……っ」

ようやくレオニードの唇が離れ、その代わりに濡れた口元には長い指が伸ばされた。口の端から頬の下を掠め、レオニードの指先は喉元まで下りてくる。

「……っ」

ぶるりと震えた瞬間、レオニードの指は名残惜《なごりお》しそうに離れていった。

「ナギ……これ以上おまえのそばにいると、ひどいことをしてしまいそうだ。何かあれば、そこのベルで知らせなさい。すぐに様子を見に来るから安心して」

「あ……」

「ゆっくり休むんだ、ナギ」

レオニードはベッドの上に乗りかかっていた身体を退く。最後に再び凪の頬に触れて立ち上がった。

このまま出ていってしまう。

そうわかったとたん、凪は大きく動揺した。

いやだ。いやだ。置いていかれるのはいや。

「い、行かないでっ！　ぼくを……ぼくを一人にしないで！」

凪は夢中でレオニードの腕に縋った。

行かせまいとして、必死にしがみつく。

「ナギ、どうした？　わたしはすぐ近くの部屋にいる。一人になどしないから落ち着きなさい」

レオニードは凪の肩を宥めるように抱きよせた。それでも行ってしまう気なのは変わらない。

「いやだ！　ここに……ここにいてっ……お願いだから……っ」

「ナギ、ここにいれば、わたしはもうおまえを離してやれなくなる。いい子だから聞き分けなさい。おまえをこれ以上傷つけたくないのだ。それに、おまえはもうミラノに帰ったほうがいいかもしれない。こんな目に遭わせたのは、すべてバルデッリに敵がいるからだ」

「いやだ、いやだ！」

「ナギ、聞き分けなさい」

どんなに言い聞かせられても、離れたくなかった。

いつの間にか銃撃のショックが蘇《よみがえ》ってしまったのだ。レオニードを失ってしまうかもしれないと思った時の恐怖。

耐えられない……。

短い時間でも、レオニードの姿が見えなくなるのは怖かった。

「ミラノになんか帰りたくない。あなたのそばにいたい。お願いだから、どこにも行かないで……ぼくを抱きしめていてほしい」

凪は無意識にレオニードを煽《あお》る言葉を口にした。

その結果がどうなるか、そこまで考える余裕などなかった。

「ナギ……かわいいナギ……こんなふうにわたしを誘惑するとは悪い子だ……あとでいやだと言

 っても、もう遅いぞ。いいのか？」

レオニードの両腕がしっかりと凪を抱きしめる。

凪は広い胸に泣き顔を埋めたままで、こくりと頷いた。

レオニードは我慢しきれなくなったように凪を仰向かせ、深く口づけてくる。

先程よりもさらに淫らで熱い口づけだった。

「ん……んぅ……っ」

大きく胸を喘がせていると、ますます強く抱きしめられる。

レオニードはキスを続けながら、凪の肩から胸へと手を滑らせてきた。

シャツのボタンが外されて、レオニードの手が中にまで潜りこんでくる。平らな胸を撫でまわされただけで、さらに息が乱れた。

「ん、んっ……」

長い指が胸の小さな突起を掠めた瞬間、凪は鋭く息をのんだ。

じいんとした思わぬ刺激が生まれ、身体中に伝わっていったのだ。

レオニードはゆっくり口づけをほどき、また乳首の先端に触れてくる。

「かわいらしい粒だ。もう尖《とが》らせているな」

「え、あ、やぁ……っ」

「いやだと言ってももう遅い。そう言ったはずだ。それに今のいやだは口だけだろう」

「そんな……っ」

からかい気味に言われただけでかっと頬が熱くなった。なのにレオニードはしこった先端に指を当て、くっと圧迫してくる。

触れられているのは乳首だけなのに、どうして身体の芯まで滾《たぎ》ってくるのか。

上半身をよじって逃げようとしても、レオニードの指はなかなか胸から離れない。それどころかレオニードはシャツをめくり、もう片方の乳首に口までよせてくる。

「ああっ……やっ」

すっかり硬くなってしまった先端にちゅっと口づけられて、凪はびくりと大きく震えた。

「ほんとにかわいい反応をする。ここをいじられるのが好きなのか。だったらもっといっぱいかわいがってやろう」

「や、そんな……違……っ、ああっ」

拒否したとたん、かりっと先端を甘噛みされた。そのあとねっとり舌を這わされ、それから、またきつくそこが吸い上げられる。

「あ、……あぁ……っ」

身体中がぞくぞくした。吸われているのは乳首なのに、何故か下肢まで熱くなっていく。

凪は生まれて初めての感覚に、ただ震えているしかなかった。

このままレオニードに抱かれることになるのだろう。

いやなわけじゃない。レオニードは自制したのに、自分で引き留めてしまったくらいだから、いやなわけではなかった。

でも胸をいじられただけで、もう逃げだしたくなっている。自分がどうなってしまうのかが怖かった。

レオニードは尖らせた舌でしつこく先端を舐めまわし、もう一つの粒は指でつまんでくりくりと刺激を与えてくる。

過敏になった場所をひときわ強く吸い上げられて、凪はとうとう泣き声を出した。

「やっ、もう……胸はいやだ。いじらないで……っ……す、吸っちゃいやっ……ああっ」

触れられるたびに肌がぴりぴりと粟立った。かまわれているのは胸だけなのに、身体中が痺れるように熱くなった。

「ナギ、そんなかわいい声を出されると、よけいに離せなくなってしまうぞ」

「や、……やだっ」

凪は懸命に首を振った。

するとレオニードは愛撫をやめ、ぎゅっと凪を抱きしめてくる。

「かわいいナギ……本当にいやなら、これ以上はしない。しかしおまえの顔を見ることができないとは、本当に残念だ」

がっかりしたように言われ、凪は慌てて首を振った。

「あ……違う……いやだなんて……思ってないのに……」

「それじゃ、わたしを焦らしただけか？」

「そんな……違っ」

慌てて否定しても遅かった。

レオニードはにやりと口元をゆるめただけだ。

「ナギ、おまえのすべてを見せてくれ」

「あ……」

身体にまとわりついていたシャツを剥がれ、下半身にも手を伸ばされる。見えないはずなのに、レオニードの手つきには少しも迷いがない。

生まれたままの姿にされ、凪は恥ずかしさで泣きそうになった。

「すべすべとシルクのようにきれいな肌だ。滑らかでとても手触りもいい」

レオニードは恥ずかしい言葉を口にしながら、胸から脇腹、腰から腿へと指を滑らせていく。

「……っ」

揃えた指で触れられている場所が、びくびく震えて粟立った。

レオニードは目で見る代わりに、指で触れて確かめている。

それがわかっているから逃げられない。けれど、どうしても腰が引けてしまいそうになる。

レオニードの指がとうとう中心に達し、凪は我慢できずに身をよじった。

「やっ」

凪の中心は胸を刺激されただけでしっかり勃ち上がっていた。触れられたら、それが全部わかってしまう。

「かわいいな」

レオニードはくすりと笑いながら、凪の中心に触れた。

形を変え、張りつめていることを確かめるように、長い指でなぞっていく。

「ああっ……」

僅かな刺激なのに、中心がさらに硬く反り返った。

あまりの羞恥で、凪は首を振った。

「足の力を抜いてごらん。もっと気持ちよくなれるようにかわいがってやろう」

「いや……だっ」

思わず腰をよじると、レオニードに足をつかまれてしまう。

ぐいっと大きく足を開かされて、凪はまた泣きそうになった。

さっきまでは、いやと言えば止まってくれそうな雰囲気だったのに、今のレオニードはすごく強引になっている。拒否する言葉が口先だけだと見抜かれているのだ。

それに、本当はいやじゃない。恥ずかしくて、恥ずかしくてどうしようもないだけだ。

手早く着衣を乱したレオニードが逞しい身体を進めてくる。

足を閉じることさえ叶わなくなって、凪は自分の両手で顔を覆った。

「ナギ、どうした？　恥ずかしくて顔を隠しているのか？　そんな反応もかわいいが、まだまだこれからだぞ」

「あっ」

顔を覆っていた手をつかまれて、凪はびくりと腰を浮かせた。

抵抗を封じたレオニードは、そのあとゆっくり顔を伏せてくる。

張りつめたままだった中心が、ちゅぷりと濡れた感触で覆われて、凪は息をのんだ。

「……っ！」

ぬるりとまとわりついた温かなものがうごめく。その瞬間、目の眩《くら》むような快感が頭頂まで突き抜けた。

「あっ……！　や、あぁ……っ！」

信じられないことに、熱くなった中心がすっぽりレオニードの口に含まれている。

恥ずかしくて一気に涙が溢れた。

レオニードは凪の中心を舌で丁寧に舐めまわした。敏感なくびれを執拗に擦られ、先端の小さな窪《くぼ》みも舌先で探られる。

あまりの生々しさに、凪はすっかり怖気《おじけ》づいた。

いやだ。こんなの……！

叫んでしまいそうになるが、これが初めてだと知られてはいけないのだ。

「あふ……っ、く……うぅ……やっ」

凪は必死に声を噛み殺した。

けれど口で直接愛撫される気持ちよさは耐え難かった。

いやだと思っていたのに、凪の中心は与えられる快感を全部受け入れている。

「く……ふ……っ、ぅぅ……っ」

無意識に腰をくねらせると、レオニードはすぼめた口をゆっくり上下させる。

そのとたん、凪はあっけなく達してしまいそうになった。

「ああっ、もうだめ……離してっ……達《い》く……達っちゃう……っ」

懸命に頼みこんだが、レオニードの口は離れない。逆に根元からたっぷり、すべてを絞り取るように吸い上げられてしまう。

「ううう……う、くっ」

凪は甘い泣き声を上げながら、欲望を吐きだした。

涙が滲んだ目を見開くと、レオニードが凪が放ったものを全部のみこんでいる。

「やっ、そんな……っ」

さらに羞恥に駆られ、凪は強引な男をにらみつけた。

けれど、レオニードにはそんな凪の顔など見えていない。だから満足そうに口元をほころばせただけだ。

「ナギ……かわいいナギ……もっと続けても大丈夫か？」

レオニードは優しい囁きを落としながら、するりと両足の間へ手を差しこんでくる。そして先端から溢れていた蜜を指ですくい取って、そのまま後孔へと滑らせていった。

どんなに恥ずかしくても拒否するつもりはない。

最後まで抱かれたいと望んだのは凪自身なのだ。

「……大丈夫……」

凪が息も絶え絶えに言うと、レオニードはとろけるような微笑を浮かべた。

「怖がらせていたら、どうしようかと思ったぞ。最後まで抱いていいんだな？」

凪は無言で頷いた。

見えてはいない。それでも気配でそうと察したレオニードは、濡れた指で入り口を探り、そのあとぐっと中に押しこんでくる。

「あ、く……っ」

いきなり感じた圧迫感で、凪は腰を震わせた。

レオニードの長い指は繊細な襞を掻き分けてどんどん奥まで入ってくる。

「ああ……っ」

狭い場所を異物で犯され、苦しくてたまらなかった。それなのにレオニードはそこを広げるように指を動かし始める。

「や……っ」

「きつかったか？」

凪が呻き声を上げるたびに、レオニードが心配そうに動きを止める。

「だ、大丈夫……」

そして、凪が許可を与えると、また安心したように行為を進めていく。

そのうち指の数を増やされた。

さらに圧迫感が強くなるが、レオニードは何かを探るようにその指をそろりそろりと動かす。

そして壁の一部をくいっと押された瞬間、凪は大きく仰け反った。

「やっ、あぁ……っ」

信じられないほどの衝撃で、息さえも止まってしまう。

痛みとも快感とも判断のつかない刺激なのに、一気に噴き上げてしまいそうになった。

「ここがいいのか、ナギ？」

レオニードはそう囁いて、さらに指の数を増やした。それと同時に、中を抉る動きも徐々に大胆になる。

「ああっ……あっ、く、ふ……っ」

「ナギ、苦しいだけじゃないのだろう？　ここもちゃんと濡れている」

レオニードは後孔を犯す指をそのままに、凪の中心にも触れてくる。そこは吐きだしたばかりなのに、再びしっかりと張りつめていた。

レオニードの指で触れられた先端にも、また新たな蜜が滴《したた》っている。

初めてなのに、どうしてこんなに反応してしまうのかわからなかった。

レオニードは渚を抱いているはずだ。だから慣れているふりをしようと思うのに、そんな余裕もない。

「もう、そこはいやっ……中をいじらないで……あっ、おかしくなる……から……っ」

凪は縋るものが欲しくて必死に腕を伸ばしてレオニードに抱きついた。

「ナギ、そろそろいいな?」

掠れたような声とともに、中を犯していた指が抜き取られる。

朦朧《もうろう》となっていた凪は目を見開いた。

レオニードの整った顔がすぐ間近にあって、青く澄んだ瞳で見つめられる。

「あ……」

足をさらに広げられ、レオニードの両手で腰も持ち上げられた。

今まで散々指で掻きまわされていた場所に、いつの間にか下半身を乱していたレオニードの、信じられないほど逞しいものが擦りつけられていた。

凪はびくりとなったが、濡れてとろけきった蕾《つぼみ》がひくひくと嬉しげに反応している。

手前ではレオニードの手で再び駆り立てられたものまで、せつなく先端を震わせているのが目に入った。

けれど恥ずかしさを感じている暇もない。

「ナギ、いいか。入れるぞ」

声とともに、ぐっと硬い先端をめりこまされた。

「あっ、あああっ……っ」

身体が二つに裂けてしまいそうなほど、鋭い痛みが突き抜ける。いくら解されていても、初めての凪にはつらすぎる行為だった。

これ以上は絶対に無理なのに、それでもまだ奥まで太い凶器をのみこまされる。

「んっ……んん……っ」

凪は漏れそうになる悲鳴を必死に嚙み殺した。

指で愛撫された時だって、気持ちよかった反面、苦しかった。それなのに狭い場所に巨大な杭が突き挿さり、身体が真っ二つに裂けてしまいそうだ。

懸命に胸を上下させても、激しい痛みは堪えようがない。

「んぅ……んっ……」

巨大な肉塊は、強ばる身体を圧倒的な力で押し広げ、徐々に奥まで埋めこまれる。

もう、いやだ！　これ以上はやめて！　痛い！　痛い！　苦しい！

そう叫んでしまいたかった。

でも、これが初めてだと気づかれるわけにはいかない。

「……っっ……」

凪は逞しい首筋に絡ませた腕で、必死に自分の口を塞いだ。

けれど悲鳴は抑えられても涙が溢れるのは止めようがなかった。

自分を犯しているのはレオニードだから、苦しいなんて絶対に知られてはいけなかった。

「どうした？　痛いのか？」

深みのあるバリトンの囁きが鼓膜を震わせる。

レオニードは気遣うように動きを止め、凪は痛みを堪えて潤んだ目を見開いた。

「……な、……んでもない……大丈夫……」

「本当に？　大丈夫なのか、ナギ？」

凪は逞しい背にまわした腕に力をこめてしがみつく。

「んっ……ちょっと……きつかっただけ……でも、大丈夫だから」

胸を喘がせながら懸命に声を絞りだすと、レオニードはほっとしたように息をつく。

「それなら、ゆっくり入れるから、無理だと思ったら、ちゃんと言いなさい」

「ん……っ」

苦しかった。

レオニードは信じられないほど大きくて、動きを遅くされたのがかえってつらかった。これなら、一気に貫いてもらったほうがよかったかもしれない。そのほうが一瞬で痛みが終わるかもしれないのに。

「ナギ、かわいいナギ……」

「んっ、ぅぅ……っ」

油断すると今にも叫んでしまいそうで、きつく唇を嚙みしめて声を殺す。

「ナギ、どうした？　おまえの声をもっと聞きたい。我慢しないで声を出すんだ」

必死に痛みを堪えていると、何も知らないレオニードは、焦れたように腰を突き上げてくる。

「……んっ……！」

ひときわ奥深くまで巨大な肉塊をくわえこまされて、凪は大きく仰け反った。

だがレオニードはさらに結合を深くしようと、凪の細い腰をつかんで自分のほうに引きよせる。

悲鳴を上げることもできず、凪はただがくがくと首を振った。

レオニードはゆったりと律動を再開する。決して乱暴な動きではなかったが、初めての凪にはきついだけだ。

凪はどうしようもなく、ただレオニードに縋った。

レオニードに抱かれたいと思ったのは自分からだ。

たとえレオニードが他の恋人を抱いているつもりでも、今の彼は凪だけのもの。

だから……後悔はない。

「かわいいナギ、おまえのすべてはわたしのものだ」

甘く鼓膜を擽る囁きに、胸の奥が絞られたように痛くなる。

違う。レオニードが呼ぶのは自分の名前じゃない。愛しているのも渚であって、自分ではない。

けれど、犯されている場所で、徐々に痛みとは違う別の感覚が迫り上がってくる。

「あ……レオ……ニード」

「どうした？　気持ちいいなら、もっと声を出して」

命じられたと同時に、硬い切っ先でひときわ強く敏感な壁を抉られる。

「ああっ！　……っ」

凪はたまらず嬌声を放った。

突かれた場所から恐ろしいほどの刺激が生まれ、身体中に伝わっていく。

それに続けて甘い痺れが湧き上がってくる。

気持ちがよかった。

凪は連続して嬌声を上げながら、ますます必死にレオニードにしがみついた。

「ナギ、すてきだ」

上擦ったような声が耳に届いた瞬間、さらにぐいっと最奥を突かれた。

「あっ、やあぁ……っ」

仰け反った身体をきつく抱きしめられる。そして喘ぎさえものみこむように唇も塞がれた。

どくどくと激しく脈打つものが深くまで埋めこまれている。

逞しいレオニードと、奥深くまで一つに繋がっていた。

「ナギ……いつまでも一緒だ」

レオニードが熱く囁いて力強く腰を使い始める。

奥深くまで達していた灼熱の杭が引き抜かれ、すぐにまた敏感な壁を抉りながら最奥までねじこまれる。そのたびに頭が真っ白になるほどの快感に襲われた。

「ああ……あっ……レオニード……」

「ナギ……」

助けを求めるように呼んだ名に、自分の名前が重なる。

でも、これは渚の名前だ。自分は渚の身代わり……。

それでも、いい。

今だけは……今だけは愛する人を離したくない。

凪はレオニードにますます強く縋りつきながら、白濁を噴き上げた。

7

初めて抱かれて以来、レオニードはますます凪をそばから離さなくなった。

銃撃事件が起きて、城の中の警戒はさらに厳しくなっている。レオニードからすべてを任されていたにもかかわらず、敵の侵入を許してしまったエミリオが、警備の人数を三倍に増やしたからだ。城に出入りする業者や使用人たちも徹底的に調べ直された。

習慣になっていた散歩も、遠出は控えることとなり、城に隣接する薔薇園などをレオニードと肩を並べて歩くだけとなっていた。

戸外で過ごす時間が短くなった分、ピアノに向かう時間が増えた。

凪が練習に打ちこんでいる間、レオニードはゆったりとソファに座り、飽かずにピアノを聴いているのだ。

最初のうちは、渚との力量の違いを指摘されるのではないかと怖かったが、レオニードは少しもそれに気づかない様子だ。むしろ、凪のピアノを聴くのが楽しくて仕方ないといったように、笑みを浮かべていることが多い。

だが、凪が練習に夢中になりすぎて身体を壊すのではないかと判断すると、レオニードは必ず声をかけてくる。

「ナギ、少し休憩しなさい。さっきからもう二時間もぶっ続けに弾いているぞ」

「え？　もうそんなに？　でも、ここのところ、もう一度さらっておきたいんです」

ピアノのそばに立ったレオニードに、凪は訴えかけた。

けれどレオニードは断固として、凪の肩に手をかける。

「あとだ、ナギ。練習の邪魔をするつもりはないが、休息は必要だ。ちょうど食事の用意も調《ととの》ったようだ。続きはあとだ。いいな？」

「わかりました。ごめんなさい、夢中になって」

凪はしょんぼりした声で謝った。

サロンに置かれたピアノは、フルコンサートサイズのスタインウェイ・アンド・サンズ。凪が借りている古びたアパートで弾いていたピアノとは、比べものにならない良質の音を響かせる。気をつけているつもりでも、ついつい夢中になってしまう。

「謝ることはない。食事のあとでまたいくらでもピアノを弾けばいい。さあダイニングへ行くぞ」

「はい」

凪は素直に返事をしてピアノの椅子から立ち上がった。

レオニードがそっと手を伸ばしてくるので、すぐにその手に自分のそれを絡ませる。レオニードはつかまえた凪の手を自分の腰にまわさせて、ゆっくり歩き始めた。

相変わらずステッキで前方を探りながらの移動だが、勘のいいレオニードは、もう室内ではなんの不自由もなく歩けるようになっていた。

高い天井からクリスタルのシャンデリアが吊された豪華なダイニングには、すでにテーブルのセットがされている。

凪と二人でなら、レオニードは普通にテーブルについて食事を取るようになっていた。ただ何かあった時にサポートできるように、凪はレオニードの向かいではなく隣の席につく。

真っ白なリネンのかかったテーブルに、カトラリーが整然と並べられている。

アンティパストは新鮮な魚介類のマリネに生野菜をざっくりと交ぜてあるものだった。これならナイフを使う必要もないし、こぼす心配もない。

プリモ・ピアットのパスタはキノコ入りホワイトソースのフェットチーネ。そしてセコンド・ピアットには食べやすい大きさに調理された子牛肉のミラノふうカツレツが出される。

レオニードは器用にカトラリーを使っていた。料理をこぼしてしまうなどという無様なことにはならない。

時折横目で様子を窺いながら、凪もまた食事を楽しんだ。

「おまえは本当にピアノの虫だな。別に止めるつもりはないが、ピアノに嫉妬してしまいそうだ」

レオニードが冗談混じりで言いだしたのは、食事のあとのエスプレッソを飲んでいる時だった。

「ごめんなさい。夢中になりすぎですね」

「おまえはピアニストだ。それも当然のことだろう。わたしが勝手に嫉妬しているだけだ、ナギ」

「レオニード」

凪は頬を染めて俯いた。

レオニードに愛されている。その幸せを実感すると胸がいっぱいになる。

凪にとって、これは仮初《かりそ》めの蜜月だった。

本当に愛されているのは、渚――。

それでも、今だけは悲しい事実を頭から追い払う。

「しかしナギ、もうずいぶん大学を休ませてしまっただろう？　講義やレッスンもあるだろうに、大丈夫なのか？」

何気なく訊かれたことに、凪はどきりとなった。

レオニードの城に連れてこられて、もう二週間以上が経っている。しかも凪はただ授業をさぼっているわけではない。教授の件がなかったとしても、勝手に長期欠席していることになるのだ。

けれど、その理由を話すわけにはいかなかった。

「ナギ、どうした？　ナギ？」

凪が少しでも沈んだ様子になると、レオニードはすぐにその気配を察して心配そうな声を出す。

涙が溢れそうなのを我慢して、凪は無理やり頬をゆるめた。

「大学のことは大丈夫です。しばらくの間休むって、事務局にも届けてあるし……それからレッスンも、その……今、先生が忙しくて、お休みになってて……」

凪はしどろもどろに嘘を並べ立てた。

こんなふうに人を騙すのは初めてだ。だから、どうしても平気なふりができなくて、レオニードの目もまともに見られなかった。

「そうか……それなら安心だが……」

レオニードはなんの疑問も持たないように、エスプレッソを飲み干している。

罪の意識で凪はきつく唇を噛みしめた。

今の嘘もそうだが、自分はそれよりも大きな嘘をついている。

レオニードをこんな目に遭わせた犯人なのに、それを隠しとおして、あまつさえ、恋人のふりまでしているのだ。

レオニードは渚のものなのに、最後まで抱かれてしまって……。

もし、本当のことを知ったら、レオニードはどんなに自分を憎むだろう。もし、渚がこのことを知れば、どんなに自分を恨むことだろう。

それでも、レオニードを好きになってしまった。許されることではないと、わかっていても、自分の心をごまかせない。

だからこそ、いつか終わりの来るこの幸せなひとときを壊したくなかった。

レオニードを独り占めしていられるこの時間を手放したくなかった。

「あの、いつまでもぼくがおそばにいると迷惑ですか？　ぼくはもう大学に戻ったほうがいい？」

「何を言う、ナギ！　おまえはいつまでもこの城にいればいい。むしろどこにも帰したくないほどだ。ピアノのレッスンに支障がないなら、いつまでもこの城にいればいい」

レオニードは珍しく、心底驚いたように大きな声を出した。

凪は内心で小さくため息をつきながら微笑んだ。

最初からそう言ってもらえると思っていた。優しいレオニードなら絶対にそう言ってくれると。

自分はいつの間にか、こんなきたない計算までするようになってしまった。

レオニードを傷つけて盲目にしただけではなく、恩のある渚まで裏切って、それでも最後の日が来るまでは、そばにいたいと思っている。

さっき、あれだけピアノに夢中になっていたのだって、そばでレオニードが見守っていてくれたからだ。

愛する人が聴いていてくれる。そう思えばこそ、夢中でピアノに向かっていられた。

けれど、いったいいつまでこうしていられるだろうか？

今の凪が気になるのはそれだけだった。

「レオニード様、失礼いたします」

二人だけの食事が終わった頃、エミリオが姿を見せる。

「なんだ、エミリオ？　仕事の話ならあとで聞く。ここにはナギもいる」

レオニードは不機嫌な声を出し、エミリオはさっと頬を強ばらせた。

この前の銃撃を防げなかったことで、責任を感じているのだろう。しかし、長年レオニードに仕えてきた側近は、瞬時に己を取り戻したように、姿勢を正して口を開く。

「レオニード様、ローマの病院から電話がありました。レオニード様の手術を執刀する脳外科医が復帰したそうです。三日後には手術が可能とのことで、レオニード様には明日にでも病院に戻ってもらいたいと言ってまいりました」

「そうか、やっと戻ってきたか」

レオニードはいかにも嬉しげな声を出したが、凪は逆に蒼白になった。

わなわなと唇も震えてしまう。

ほんの少し前に、幸せを嚙みしめたばかりなのに……。

これはきっと罰だ。

ずっとこのままレオニードのそばにいたいと願った。それは、レオニードの目が治らなくてもいいと思うのと同じ。

渚の身代わりでしかないのに、すっかりレオニードの恋人気分でいた自分への罰。

罪深い自分が許されるはずがないのに……。

「ナギ、聞いたか？　目の手術ができる。またおまえのかわいい顔を見られるようになる」

「……」

凪は泣きそうになりながら、笑みを浮かべるレオニードを見つめた。

「ナギ、どうした？」

レオニードはすぐに席を立って凪の肩に触れてくる。凪は促されるままに立ち上がり、するりと広い胸に顔を埋めた。

視界を塞がれる前にちらりと見えたのは、気の毒そうな表情を浮かべたエミリオだった。

「レオニード……」

凪はたまらなくなってレオニードにしがみついた。

涙をこぼしてしまった凪の頬を、レオニードの長い指が滑っていく。

「泣いているのか、ナギ？　どうした？　わたしは必ず視力を取り戻す。絶対に見えるようになるから、怖がることはない」

「嬉しいんです……あなたの目が見えるようになるのが……嬉しくて……」

嗚咽を上げた凪を、レオニードが優しく抱きしめる。

違う。ぼくはそんなこと思ってない。

嬉しいなんて嘘だ。本当は、手術の日なんか、ずっと来なければいいと思っているんです。未来永劫、あなたの目が見えなければいいのにと。

ぼくは悪魔に魂を売ってしまった。

だから、こんなふうに優しくされる資格なんかないのに……。


「それで、おまえはどうする気だ？」

エミリオにこっそり呼びだされたのは、その日の夕方だった。

レオニードに仕事の件で急ぎの問い合わせが入り、席を外している時のことだ。

「レオニードは何日ぐらい入院するんですか？　その、手術が成功して包帯が取れるまで、どのぐらいかかるんですか？」

凪は、エミリオと向き合った瞬間、矢継ぎ早にたたみかけた。

「俺は医者じゃない。そんなことはわからんが、一週間もかからないんじゃないか？　レオニード様の場合、眼球が傷ついているわけじゃない。脳の神経が圧迫されて視力を失っているのだから、手術で原因が取り除かれれば、すぐ見えるようになるのではないか？」

凪とエミリオは、きれいな夕陽の射すバルコニーに立っていた。室内には他にも何人かの部下が詰めているが、外の話は聞かれずにすむ。

「では、手術のあと、すぐに見えるかもしれないと？」

念を押すと、エミリオがゆっくり首を縦に振る。

がっくりと力が抜け、凪は思わずバルコニーの手すりに縋りついた。

もう、本当に終わりなのだ。

そんなに早く見える可能性があるのなら、もう病院へもついていけない。

レオニードをはじめ、この城にいる者を喜ばせた朗報は、凪にとって最後通牒に等しかった。

「渚さんを呼んでください。レオニードが手術を受けている間に話します。ぼくがずっと身代わりとして、レオニードのそばにいたこと……渚さんが話を合わせてくれれば、レオニードは身代わりに気づかないかもしれない」

「馬鹿な……レオニード様はそんなに鈍い方じゃない。きっとお気づきになる」

エミリオは一笑に付した。

凪はそれもそうだなと思い直し、自嘲気味に微笑んだ。

「それでも……二人はもともと愛し合っていたのだから、すぐ元どおりの関係に戻るでしょう？ぼくさえ……ぼくさえ邪魔しなければいいだけの話です」

「おまえはそれでいいのか？」

エミリオは押し殺したような声を出した。何故だか怒っているようにも見える。

そんなことは訊かないでほしかった。

今までぎりぎりのところで堪えていたすべてが一気に決壊して溢れてくる。

「だって、仕方ない……っ。ぼくが……ぼくがもともとレオニードの目を……っ……あなただってそう言ったじゃないですかっ！　ぼくを絶対に許さないって。ぼくは今だって復讐の対象なんでしょう？」

凪は溢れてきた涙を拭《ぬぐ》いもせずに激しく首を振った。

エミリオは黙って凪を見ていたが、ややあって再び口を開く。

「レオニード様が傷ついたのは、確かにおまえのせいだ。しかし、おまえはよくやってくれた。そのことには感謝している。とにかく、おまえに復讐するかどうか、決めるのは俺じゃない。レオニード様だ。しかし、俺のほうからも口添えしよう」

エミリオの声は遠くから聞こえてきた。

復讐……それがどんな目に遭わされることを言うのだとしても、どうでもよかった。

短い間にレオニードを愛するようになってしまった。

でも、レオニードは渚の恋人……レオニードが愛しているのは渚なのだ。

短い間の身代わり恋人……その役目が終わってしまう。

仮初めの蜜月はもうお終《しま》いだった。

涙の滲んだ目を見開くと、赤みを帯びたきれいな夕陽が飛びこんでくる。

「レオニード様がお戻りになったようだ」

エミリオに注意を促され、凪は急いで涙を拭った。

明日、レオニードが病院へ行くなら、一緒にいられるのは今日が最後となる。

仮初めの恋人にすぎないとしても、今レオニードのそばにいるのは凪だ。残り少ない時間を無駄にしたくはなかった。


「レオニード、行かないで……ぼくを……抱いてください」

夜も更けた頃、凪は自分のほうから首筋に腕を絡ませて、レオニードを引き留めた。

思いきって形のいい唇に軽く口づけると、レオニードがおかしげにくすりと笑う。

「ずいぶん大胆になったな、ナギ。わたしを誘惑するとは悪い子だ」

レオニードは凪を抱きしめ、耳元に熱い囁きを落とした。

ぶるりと身体の芯が震え、凪は思わず逞しい身体にしがみつく。

「だって、明日はローマに行くのでしょう？　こんなふうに二人でいられるのは、今夜が最後だから……」

「何を言う？　退院すればまたすぐ一緒になれるだろう？　今夜が最後というわけじゃない」

レオニードは宥めるように凪の頭を撫でる。指先でさらさらした髪を梳《す》き上げられて、凪はせつない気持ちでいっぱいになった。

「でも……入院するなら、やっぱりこれが最後になるから……」

凪は甘えるように言って、レオニードの胸に顔を伏せた。

退院したあと、あなたが抱くのは渚さん……ぼくにとっては今夜が最後。だから、このひととときだけは誰にも渡したくない。

「ナギ……かわいいナギ」

レオニードは狂おしく言って、凪の身体をベッドに押しつけた。

「んっ」

唇が合わさっただけで大きく胸が上下する。

最初は軽くついばむように唇を触れ合わせているだけだった。口を開き、無意識に誘いこむと、レオニードの舌がするりと中まで潜りこんでくる。

「んぅ……ん、ふ……っ」

舌が絡むと、いっぺんに体温が上昇した。

それでも物足りない気がして、凪は自分からレオニードの首に腕を巻きつけて、もっと深いキスをねだった。

淫らに絡めた舌を、根元からしっとりと吸い上げられる。

「んん……っ……ふ……っ」

息が苦しくなってくぐもった呻きを漏らすと、レオニードは宥めるように歯列の裏を探り始めた。

もどかしいほどゆっくりと、口中をくまなく舐められる。

そのうち腰から下が痺れたようになり、しがみついているのもつらくなる。

「ふ、レオニード……っ」

唇が離れた直後、凪の身体はふわりとベッドに押しつけられた。レオニードはそっと上から覆い被さってくる。

自分から誘うような真似をした。それを死ぬほど恥ずかしく思うが、レオニードとは、これでもう二度と会えなくなる。だから、なんとしても最後まで身体を繋げたかった。

「ナギ」

「あっ」

掠れたような声で名を呼ばれただけで、じわりと腰の奥が疼く気がする。

レオニードは性急に凪が着ていたパジャマの上を剝ぎ取った。

自分から望んだというのに、いざとなればこんなふうに淫らな格好をさらすことが恥ずかしい。

レオニードには見えていないのだが、それでも羞恥はなくならなかった。

「あ……んっ」

胸があらわにされ、頂《いただき》に唇がつけられただけで、凪は甘い吐息を放った。

レオニードは熱心に先端を舐め、そのあときつくそこを吸い上げてくる。

じんとした刺激が生まれ、それが瞬く間に全身に伝わった。

「かわいい乳首だ。ナギのここは感じやすい」

「やっ、そんなこと言わないで……恥ずかしいから」

レオニードが上からじっと覗きこんでいるのは、ほんの少しの刺激で硬くなった先端だ。レオニードの唾液で濡れた乳首は、熟れたように赤く色づいている。

本当の意味では見えていないのはわかっているが、凪は耐えきれずに首を振った。

その間もレオニードの愛撫は止まらず、右の乳首を捻《ひね》るようにつまみ上げられる。

「んっ」

凪が息を詰めると、今度は尖った先端を宥めるように撫でられた。

「肌が熱を帯びてきた。きっと薔薇色に染まっているのだろう」

やわらかい耳たぶに歯を立てられて、びくっと腰が浮き上がる。

「あ……レオニード……っ」

「ナギ、今日はずいぶん淫らだな」

囁かれた瞬間、耳まで赤くなったが、凪はレオニードの澄みきった青い目を見つめながら素直に頷いた。

何をされても感じてしまう。

身体に絡まっていたパジャマの上着を奪い取られる。レオニードはそれを無造作に床へと投げ捨て、次には凪の下肢もあらわにしてしまう。

しかし凪だけが一糸まとわぬ姿にされ、レオニードはいまだにダークスーツを身に着けたままだ。

「ぼくだけじゃ恥ずかしい……レオニードも……」

凪は甘えるように囁きながら、レオニードのスーツに手を伸ばした。

けれどレオニードはふわりとした笑みを見せ、そのあとは自分でも待ちきれなかったように、性急にスーツの上着を脱ぎ捨て、シャツのボタンも外してしまう。

ちらりと覗いた逞しい胸に、凪は息をのんだ。鍛《きた》え上げ、張りつめた筋肉が、レオニードが呼吸をするたびに上下している。

素肌をさらしたレオニードは、すぐに凪を抱きしめてきた。

「あっ」

唇から首筋、そして胸へと順に口づけられる。

過敏になった乳首の先端にレオニードの熱い息がかかっただけで、肌がぴりぴりと粟立つ。舌先でぺろりと舐められると、びくんと腰が跳ね上がった。

「ああ……」

満足の吐息を漏らすと、レオニードはさらに本格的な愛撫を加えてくる。

「ナギ、乳首を赤く尖らせて……かわいい反応だ。ここ、吸ってほしいのか?」

「やっ、違う……から……っ」

凪は慌てて首を振ったが、それより早く左の乳首がレオニードの口に含まれる。

ちゅくっと濡れた音をさせながら、先端が吸い上げられた。

じいんとひときわ強い刺激が走り抜け、背中が大きく反り返る。

レオニードは左右交互に何度も敏感な先端を口に含み、吸い上げてくる。

「やっ、やめ……っ」

強い快感を堪えきれず、凪は思わず頼みこんだ。

びくびくと反応する自分が怖くなって、小刻みに首を横に振る。

レオニードはすぐに愛撫をやめ、凪は宥めるようにそっと抱きしめられた。

「ナギ、どうした？　感じすぎて、怖くなったのか？」

「違う……でも、もう胸はおしまいにして……お願いだから」

凪は真っ赤になって訴えた。

いやなわけじゃない。でも、これ以上胸をかまわれると、どうなってしまうかわからない。

「なんとかわいいお願いだ。他の場所も愛撫してくれとは、ずいぶん欲張りだ」

「え？」

そんなつもりではなかった。

でもレオニードはふわりと笑い、そのますっと下半身に手を滑らせてくる。

「触ってほしいのはこっちか？」

「あっ」

キスされて、胸をいじられただけなのに、中心は恥ずかしいほどそそり勃っていた。それを大きな手でそっと握られて、凪はびくんと腰を浮かせた。

根元からゆっくり擦り上げられると、熱くなった場所がさらに硬く張りつめる。

「蜜がいっぱい溢れてきた。気持ちいいのか？」

「やっ、言わないで……っ」

凪は思わず抗議の声を上げた。

「恥ずかしい？　しかし、ナギ、おまえだけじゃない。わたしも同じだ」

シーツを握りしめていた左手をつかまれて、レオニードの中心へと導かれる。布越しに触れただけでも、そこは火傷《やけど》でもしそうなほど熱くなっていた。

レオニードも自分を求めている。

たとえ渚の代わりだとしても、今のレオニードは間違いなく凪自身を求めてくれているのだ。

嬉しくなった凪は、そろそろとレオニードのズボンを乱し、それから意を決して中へと手を差し入れた。

やわらかく包みこんだだけで　どくり、と手の中のレオニードがさらに大きく育っていく。

「ナギ……」

レオニードが気持ちよさそうな声を上げる。

それに勇気を得た凪は、レオニードがしてくれたように大きなものに愛撫を加えた。

凪の中心もレオニードの手で揉みしだかれる。

「あ……くっ……ああっ」

体温もまた一気に上昇した。呼吸も苦しいほどに乱れてくる。

互いに触れ合っているというのに、凪のほうはすぐに音を上げてしまいそうになる。

手で擦られているだけなのに、頭がおかしくなりそうなほど感じた。

もう達きたくてたまらない。これ以上は我慢できそうもない。

凪はねだるように腰を突き上げた。

「ナギ……このまま達きたいか？」

「あ、でも、最後までしたい……一緒に……」

凪は涙で滲んだ目でレオニードを見上げ、切れ切れに訴えた。

「どうしてそう無邪気にわたしを煽る？」

レオニードが怒ったように言って凪の中心を離した。

だが次の瞬間には、手で包まれていたものがまた熱い感触で覆われる。

「あっ、ああっ」

圧倒的な快感に支配されて、凪は高い声を放った。

張りつめたものがレオニードの口でくわえられていた。すぼめた口で全体を擦られる。

敏感な先端やくびれの部分は、舌を絡めて丁寧に舐められた。

巧みな口淫で一気に上りつめそうになる。今すぐ解放されないと、頭が変になりそうだ。

「や……レオニード、もう……」

凪はせわしなく息を継ぎながら、懸命に手を伸ばした。

「我慢しないで達けばいい」

「やっ……一人では、いやだ。一緒に、って言ったのに」

訴えたと同時、髪を優しく撫でられて、ぎゅっと抱きしめられる。そして凪はそのあとそっと身体をうつ伏せにされた。

「それじゃ、準備をするからもう少し足を開いて膝を立てて」

「えっ、こんなの……っ」

取らされた体勢は、レオニードに向かって腰を高く差しだす恥ずかしいものだった。

レオニードには見えないはずだ。それでも羞恥で身体中がどうしようもないほどに震える。

それなのにレオニードの指が添えられて、狭い入り口が開かれる。

あまりの生々しさに、凪はすくみ上がった。

「や……っ」

「大丈夫だから、楽にしていろ。傷つけるようなことはしない」

レオニードは後ろから手をまわし、凪の緊張を解くように熱くなったものを握りしめた。

快感で力が抜けた時、ぴちゃりと濡れた感触を押しつけられる。

「なっ、何？　あっ、や……そんなとこ舐めないでっ」

凪は悲鳴のような声を上げた。

レオニードの指で開かれた谷間が舐められている。唾液を送りこむように、何度も熱い舌を這わされた。

あまりの羞恥で気が変になりそうなのに、レオニードはさらに中にまで舌を挿しこんでくる。

「やあ……あ」

これ以上は我慢できない。

シーツをつかみ、前のめりでいやらしい愛撫から逃れようとすると、両手でしっかりと腰をつかまれて、引き戻される。

「ちゃんと濡らすまで我慢するんだ」

恥ずかしい愛撫は一つに繫がるための準備だ。

でも死にそうなほどの羞恥はなくならない。

けれどレオニードの熱い舌でゆっくり丁寧に解されると、そこが徐々にとろけていく。

「ああっ、あ、あっ」

体内でうごめく感触に、凪はひっきりなしに高い声を上げた。

口を離したレオニードが様子を窺うように長い指をあてがう。そして凪の蕾は待ちきれなかったようにその指を深くまでのみこんだ。

「ナギ、もう少しだ。充分に解さないと傷つけてしまう」

羞恥を誘う台詞とともに、凪がこぼした蜜でたっぷり濡れた長い指を出し入れされる。狭い内部を広げるように奥の奥まで探られた。

レオニードの指が特別敏感な場所を掠め、凪は大きく仰け反った。

「ああっ」

身体中の血がいっぺんに沸騰するかと思うほど、強い刺激が走り抜ける。

たまらずに腰をくねらせると、レオニードの愛撫はよけいその場所に集中する。

「そこは……っ、もう、いやっ」

「どうして？　この前もここが気持ちよさそうだった」

「やっ……ああ……っ」

レオニードは凪が緊張するたびに優しい囁きをくり返すが、内部を探る指の動きはやめない。

散々馴らされたあとで、指が二本に増やされる。凪の後孔はすんなりそれをのみこんで締めつけた。

とたんに、我慢できない疼きが駆け巡る。

身体中が熱かった。張りつめた中心も痙攣《けいれん》したようにびくびく震えている。

「もう……や……っ」

耐えきれずに掠れた悲鳴を上げると、レオニードはようやく中を掻きまわしていた指を引き抜いた。

「このまま後ろからするぞ、ナギ」

「やっ、ま、前からがいい……っ」

凪は羞恥に駆られながらも必死に訴えた。

これが最後になるなら、一つに結ばれた時、レオニードの顔を見ていたい。

「いいだろう、前からだな？」

レオニードはすぐ要求に応じて凪の腰をつかみ、細い身体を表に返す。

そしてレオニードは残りの服を脱ぎ去り、上から覆い被さってきた。

正面から抱きしめられると、熱くなった素肌がぴったりと合わさる。

「あ……ふ……っ」

レオニードは唇に触れるだけのキスをした。

けれど優しい感触にほっとなっている間に、さらに足を開かれる。そして濡れそぼった狭間に熱くて硬いものが押しつけられた。

「んふ……っ」

びくりとすくむと、優しく宥めるように腰骨を撫でられる。

「大丈夫か、ナギ？」

青い瞳で覗きこまれ、凪はよけい羞恥に襲われた。

この状況で新たに念を押されても困るだけだ。

「お、お願い……は、早くしてっ」

「かわいくて淫らなおねだりだ」

レオニードはくすりと忍び笑いを漏らした。

けれど、そのあとふいに真剣な顔つきになって、凪の腰を抱え直す。

蕾に押しつけられたものが今にも中に入ってきそうになり、凪は息をのんだ。

「あ……」

「ナギ……愛している」

熱っぽく告げられた瞬間、いきなり硬い切っ先で狭間をこじ開けられた。

「くっ……ううっ」

いくら解されていても、レオニードのものは大きすぎる。

凪は無意識にずり上がって身体を逃がそうとしたが、両足を抱えこまれ、さらに強く腰を押しつけられただけだ。

「ナギ、もっと力を抜いて。わたしを奥まで受け入れるんだ」

「あ、ああ――っ」

激しい痛みとともに、中までぐっと逞しい灼熱を埋めこまれる。

ひどい圧迫感で死にそうなほどつらかった。

でも、どくどく脈打っているレオニードは、奥の奥まで到達していた。狭い場所を無理やり割り広げて最奥まで達している。

力強くいっぱいに埋め尽くされていた。

「ナギ……」

レオニードは凪の中心に手を伸ばし、やわらかく握りしめた。そうしてじっと凪の緊張が解けるのを待っている。

「ふ……レオニード……んっ」

声を出したとたん、中のレオニードを無意識に締めつけた。逞しい形を生々しく感じて、凪は息をのむ。

それを合図にレオニードはゆっくり腰を揺さぶり始めた。

「あ、やっ」

敏感な壁をいやというほど擦りながら、灼熱の杭が引きだされる。そして全部抜き取る寸前で、また奥までねじこまれた。

ゆっくり動かれると、よけいレオニードの大きさを感じる。

けれどそのたびに、身体の奥から深い快感が波のように湧き起こった。

「ああっ、あ、ああっ」

凪はひっきりなしに嬌声を放った。

最奥まで太いもので割り開かれて、苦しくてたまらないのに気持ちがいい。

張りつめた中心を、レオニードの手であやされながら、何度も深みを抉るように突き上げられると、そのたびにレオニードと繋がった奥で、我慢できないほどの疼きが生まれた。

「ナギ……すてきだ」

ひときわ強く抱きしめられて、囁かれる。

次の瞬間、凪は上りつめ、思うさま白濁を噴き上げた。

「ああっ、あ……っ」

達した反動でぎゅっと締めつけると、最奥でレオニードの欲望も弾ける。

熱い飛沫を浴びせられて、ぶるりと再び奥が疼く。

凪は必死でレオニードにしがみついた。

今日だけはぼくのものだ。

渚さんじゃなくて、ぼくがレオニードの恋人だから……。

だから、お願い。覚えておいて。ぼくのこと……。

絶対に、忘れないで……お願いだから……。

8

「凪！　連絡もらって慌てて飛んできたけど、今までいったいどこにいたの？」

カジュアルなジャケットを着た渚は、凪の姿を見つけたとたん駆けよってきた。

相変わらず颯爽として、チェックのシャツにコットンのパンツを組み合わせただけの凪とは比べものにならないほどかっこいい。

ミラノの町にあるオープンテラスは、打ち合わせ中のビジネスマンや学生ふうの若者、それに日本からの旅行者らしき華やかな格好をした若い女性客などで溢れていた。

凪はローマの病院へ向かったレオニードと、城で別れた。

入院中は何もできないから、その間に一度ミラノに戻る。退院する時には必ず来るから。

そう約束して城を出てきたのだ。

エミリオとも打ち合わせずみのことだった。凪が復讐される立場であるのは変わりないが、自分から逃げるつもりがないことは、よくわかっているようで、所持品の残りもすべて返してもらった。

凪はミラノに戻ってきて、一番に渚を呼びだしたのだ。

パラソルが立てられたテーブルの下で、渚は慌ただしくカプチーノを注文し、じっと凪の顔を覗きこんできた。

「凪、ずっと大学に来てなかっただろ？　携帯は繋がらないし、ロッソ教授に電話して演奏旅行の時の様子を訊いても知らんとか言われて、ずいぶん心配したよ」

「ごめん、渚さん……ちょっと手が離せないことがあって……それよりも、あの、エミリオから何か話を聞いた？」

凪が訊くと、渚はきょとんとしたように首を横に振る。

何も知らない様子に、凪は一つ息をついてから話しだした。

「レオニード・バルデッリ氏……渚さんが言ってた恋人でしょう？」

「えっ？」

それだけで渚は驚いたように目を見開いた。

まともに視線を合わせる勇気がなくて、凪は俯き加減で声を絞りだす。

「ロッソ教授の演奏旅行の途中で、ぼくは車をぶつけてしまったんだ」

「車をぶつけた？　事故ってこと？　教授はそんなこと何も言ってなかったけど……それで、凪は大丈夫だったの？　もしかして怪我して休んでた？」

心配そうに訊ねてくる渚に、凪はぎりぎりと胸が痛くなった。

いつも優しくしてもらっていたのに、ずっと裏切っていたのだ。

「ぼくは怪我なんかしなかった。でも、ぶつかった車はガードレールを飛びだして、レオニードが怪我をしてしまったんだ！」

凪は一気に打ち明けた。

渚の整った顔から血の気が引く。

「レオニードが？　……そうか、だからコンサートをキャンセルするって……でも、どうして凪がその話を？」

「……実は……」

凪はぽつぽつと今までに起きたことを説明した。

事故のあとでレオニードの城に行き、渚の代わりにずっとそばにいたこと。レオニードが手術のために再入院したことなどだ。

さすがにレオニードに抱かれてしまったことは言えなかったし、バルデッリがマフィアで、銃撃に巻きこまれたことも話せなかった。

レオニードは二度とこんな目には遭わせないと約束してくれたのだ。わざわざ渚に教えて怖がらせる必要はないだろう。

「レオニードがそんなひどい目に遭っていたなんて、少しも知らなかった。どうして教えてくれなかったんだろ」

渚は沈んだ声を出した。じっと見つめてくる目には、凪を責めているような色がある。

凪はたまらなくなって、エスプレッソの残りを飲み干した。砂糖をあまり入れなかったので、舌先にはたっぷり苦みが残る。

「レオニードは渚さんを心配させたくなかったんだ。ぼくのことを渚さんと間違えたのも、ほんとに偶然だった。側近のエミリオが、レオニードのために気をまわして、ぼくに渚さんのふりを続けろって」

「それはもういいよ。それでレオニードはどんな様子なの？　手術ってほんとに成功するの？　またちゃんと見えるようになるの？　あの人が失明してたなんて、信じられない！　どうしてそんなことになったんだよ！」

渚は我慢の限界を越えたようにたたみかけてくる。

一言一言が刃のように胸に突き刺さった。

何もかも凪のせいだ。

直接言葉にはしなくても、渚がそう思っているのをひしひしと感じた。

「手術の成功率、五十パーセントだって」

「嘘……五十パーセント……？　……何、それ……？」

ショックを受けた渚は、わなわなと唇を震わせている。

心配でたまらないのは凪も同じだから、渚の気持ちがよくわかった。

「今まで手術を延ばしてたのは、その方面では一番という権威の復帰を待っていたからで……だから、きっと成功するって……」

「そんなこと、ちゃんと手術が終わってみないとわからないだろ！　なんで凪がそんなこと言えるんだよ？　……五十パーセントって、そういうことだろ？」

渚は腹立たしげに吐きだした。

もう凪に対する敵意を隠そうともしていない。

当然だ。恋人を傷つけられただけでも腹立たしいだろうに、渚は今までレオニードのそばについていることさえできなかったのだ。そのうえ凪が身代わりになっていたと聞かされたのだ。渚が凪をよく思わないのは当たり前の話だった。

「ごめん、渚さん……どんなに謝っても許されないのはわかってる。とにかく、ローマから連絡が来ることになってるから、そしたら渚さん、レオニードに会いに、病院へ行ってくれる？」

「頼まれなくたって行くよ！　今すぐ！　なんていう病院？　ローマなら今からすぐに向かえば夕方には着く」

渚は珍しく怒りを剝きだしにして、テーブルを叩いた。

その勢いで、上に載っていたカップがガチャンと音を立てるが、凪は懸命に首を横に振った。

「行くのは退院する日にしてください」

「なんで？」

「だって、レオニードは誇り高い人だから、渚さんには自分が弱っている姿を見せたくないと思う。手術のことは心配でしょうけど、今はすべてを専門家に任せるしかない。結果は渚さんにも直接知らせるからってエミリオも言ってたし……だからお願いです。レオニードが退院する日に病院へ……」

言い終えた凪はきつく唇を噛みしめた。

すぐ病院まで飛んでいきたい気持ちも同じだ。でも、今はただ待つしかない。

「わかった……その連絡が来るのを待つよ。だけど、凪……悪いけど、それまで凪には会わないことにする。君が悪いんじゃない。不幸な事故だったんだって、頭ではわかってるけど、今は君を許せそうにない」

ずきりと胸が痛くなったが、渚にしては精一杯の譲歩だろう。

「わかりました、渚さん……ほんとにごめんなさい。どう言って謝って……」

凪がそこまで言った時、渚は話を遮るように唐突に席を立つ。

「話がそれで終わりなら、ぼくはもう行くよ」

冷えきった声で短く断っただけで、渚はくるりと背を向けた。

カフェから出ていく後ろ姿にも、怒りのオーラが渦巻いているようだ。

渚を見送りながら、凪は我慢していた涙を溢れさせた。

本当に、渚には一生許してもらえないかもしれない。

凪は、レオニードだけではなく、渚という友人まで失ってしまったのだ。

エミリオからの連絡は、その翌日にあった。

——手術は成功した。今はまだ集中治療室だが、レオニード様は視力を取り戻すだろう。

凪がその朗報を受けたのは、古いアパートを出て、大学に向かおうとしている途中だった。

石畳の歩道の真ん中で、思わずしゃがみこむ。携帯を持つ手がぶるぶると震えた。涙もどっと溢れてきて、しばらくは立ち上がることさえできなかった。

「あなた、どうしたの？　気分でも悪いの？」

とおりすがりの女性が心配そうに声をかけてきて、初めて凪は泣き笑いの顔を上げた。

「すみません。とても嬉しい知らせがきて……大丈夫。ありがとう」

「そう、ならよかったわ。おめでとう。頑張ってね」

茶色の髪をした太った女性は、いかにもイタリア人らしく陽気な挨拶を残して去っていく。

見送った凪はようやく立ち上がった。

ふと気づくと通りの向かい側にドームがある。凪は誘われるように礼拝堂へと足を向けた。

一時は、レオニードの目が一生見えなければいいなんて、身勝手なことを考えた。

でも、本当にそんなことになっていたとしたら、凪は自分自身を、それこそ一生許せなかっただろう。

レオニードは光を取り戻す。あの青い瞳が再び見えるようになる。

礼拝堂に入った凪は祭壇へと進み、静かに跪《ひざまず》いた。

カトリックの洗礼を受けたわけではないが、今はただ神に感謝の祈りを捧げたかった。


礼拝堂を出たあと、凪は予定どおり大学の事務局に顔を出した。

自分の学籍がどうなっているか確かめておきたかった。

創立二百年以上になる大学は、その歴史と同じく古めかしい。事務局はグランドフロアの奥にある。高い天井から古びた蛍光灯が吊されているが、全体の薄暗さは否めなかった。

「ナギ・フジサキね？　ちょっと待って……あら、あなたずいぶん講義を欠席してるわね」

どっしりとしたカウンター越しに答えてくれたのは、黒髪のベテランスタッフだった。パソコンの画面を確認し、そのあと何が気になるのかと訊ねてくる。

「あの、ぼくの籍はまだあるんですか？」

「そんなの当たり前でしょ？　だけどこのまま無断欠席を続けたら、奨学金、取り消されてしまうわよ？」

「それじゃ、ロッソ教授からは何も要請がなかったんですか？　ぼくのレッスンを見てくださってる……」

凪の言葉に、女性スタッフが初めて怪訝《けげん》そうな表情になる。

「ロッソ教授、このところずっとお休みになってるようね。それで心配になったの？　だけど、奥様のお話ではただちょっと体調を崩されただけだそうよ」

今度は凪のほうが首を傾げる番だった。

とっくに剝奪されているかと思った学籍はそのままだった。そのうえ、肝心の教授はレッスンを休んでいるという。

教授とはもう会いたくない気持ちのほうが強かったが、何もかもうやむやにして終わりたくはない。

凪はスタッフに礼を言い、その足で教授の自宅に向かった。

教授の手伝いをするため、何度か訪ねたことがある場所だ。

凪はバスを乗り継いで教授の家に行き、一瞬ためらったのちにドアベルを押した。

迎えに現れたのは、疲れきった様子をしたロッソ夫人だった。

「ロッソ教授、いらっしゃいますか？」

「ああ、ナギね。いるわよ、あの人……入ってちょうだい。あなたなら、あの人をなんとかできるかもしれない」

謎めいた言葉に首を傾げながら、凪は雑然と散らかった家に入った。

ロッソ夫人はきれい好きだったはずだが、室内の荒れようがすごい。

廊下の突き当たりが教授の私室になっており、ロッソ夫人はノックもせずにドアを開け放った。

「あなた、生徒さんが来たわ。ナギよ」

凪は室内に入って、思わず足をすくませた。

教授はだらしない格好で、窓際のソファに座りこんでいた。そばのテーブルにはワインやリキュールの空瓶が何本も転がっている。グラスが倒れ、部屋中にいやなアルコール臭が充満していた。教授は、強かに酔っているのか、どろりと濁った目をしている。

「ずっとこの調子なのよ。大学にも行かないし、ピアノも弾かない。朝からお酒ばっかり」

ロッソ夫人は大きくため息をつきながら言う。

その時になって、教授はようやく訪問者に気づいたように顔を上げた。

「お、おまえは……ナギ……！　な、何をしに来た？　わ、わたしを捕らえにきたのかっ！　わたしは悪くない。断じて悪くない！　運転していたのはおまえだ！　おまえがぶつけたんだ！」

すごい形相で喚きだした教授を見て、凪は眉をひそめた。

様子がおかしいのは、あの時、事故現場から逃げだしたせいだ。今になって自責の念に駆られ、その恐ろしさで怯えているのだ。

こんな哀れな姿を見ても、同情などできなかった。運転していたのは確かに凪のほうだが、事故の状態を確かめもせずに逃げだした罪は重いと思う。

「教授、あの事故で大きな怪我を負った人がいます。失明するかもしれない危険な状態でした」

凪が冷えた声で言うと、教授は真っ青になった。そして誰かに助けを求めるように、おどおどと視線を彷徨わせる。

「ナギ、それはどういうことなの？　事故っていったいなんのこと？」

後ろで様子を見ていたロッソ夫人が心底不思議そうに問いかけてくる。

凪は夫人を振り返って説明した。

「演奏旅行の時、ぼくが運転していて事故を起こしました。でも教授は無理やりぼくを連れて現場から逃げたんです。ぼくは教授と別れてから現場に戻りました。事故に遭った人は一時的に視力を失って……でも、手術が成功して、なんとか快復するとのことでした。それと事故のこと、警察は何も知りません。だから、教授が誰かに捕まってしまうとか、そんな心配はないと思います」

淡々と告げた凪に、ロッソ夫人は青ざめた。

運転していたのは凪だ。しかし事故のあとで教授の様子がおかしくなったことで、その原因を察したのかもしれない。

酔っ払って正体のなさそうな教授に、どこまで伝わったかわからない。それでも言うべきことは言い終えた。

「教授、今までお世話になりました」

凪は教授に向き直り、丁寧に頭を下げた。

このあと教授がどういう行動を取ろうと、もうこの人にレッスンしてもらうことはない。

凪は大学を辞める決意を固めていたのだ。

最後にもう一度だけレオニードの無事な姿が見たい。完全に快復して、光を取り戻した姿を見たら、もうそれでいい。

渚は恩人だった。それなのに勝手に身代わりを務めて裏切った。

それに、レオニードと幸せになる渚のことを見ているのもつらい。

だから、凪はすべてから逃げだすつもりだったのだ。


一週間後――。

エミリオから連絡をもらった凪は、浮かない顔をした渚とともに、ローマ市内にある大きな総合病院を訪れていた。

歴史のある古びた建物だが、中の設備は最新で、リノリウムの床も清潔に磨き立てられている。

「渚さん、東棟にある病室だそうです」

小声で告げた凪に、渚はただ黙って頷いた。

ミラノの空港で待ち合わせて以来、渚はほとんど口をきかなかった。

渚の立場を思えば、それも仕方ないことだろう。

凪はかぶりを振って、病棟の長い廊下を進んだ。

これで最後だとしても、レオニードに会える。もう一度、会えるのだ。それ以外のことは、今の凪にはどうでもよかった。

「あっ」

並んで歩いていた渚が小さな叫び声を上げる。

廊下の向こうに長身の人影があった。

上質なスーツに身を固め、今はもうステッキもなしで堂々と立っているのは、間違いなくレオニードだ。

渚は足をすくませていたが、凪は思わず早足になった。

予定では、渚とレオニードが再会したら、そのまま姿を消そうと思っていた。けれど、実際にレオニードの整った顔を見たとたん、そんな考えは吹き飛んでしまう。

会いたかった。とても会いたかった。

今すぐあの温かな胸に飛びこみたい。しっかりと抱きしめてほしかった。

凪はすべてを忘れて真っ直ぐに進んだ。

ただレオニードのことだけを思いながら……。

レオニードもこちらに気づき、力強く歩を進めてくる。

胸いっぱいに歓喜が満ちた。

レオニードは自分を抱きしめるために、両腕を広げている。もうすぐ……もうすぐ、あの胸に飛びこめる。

「ナギ！　会いたかったぞ」

レオニードの魅惑的な声が自分の名前を呼ぶ。

凪は自分からも手を差し伸べた。

あとほんの少しで、逞しい胸の中に収まるはずだった、その時。

ふいにレオニードの上体が横へ逃げていく。

「……！」

レオニードはするりと凪の身体を躱《かわ》し、まだ真っ直ぐに進んでいった。

凪は、捕まえ損ねたレオニードの代わりにぎゅっと両手を握りしめ、ぎこちなく振り向いた。

「来てくれたのか、ナギ！　おまえをこの腕で抱きしめる瞬間が待ちきれなかった。愛している」

「……レオニード……ああ……よかった」

レオニードがしっかりと抱きしめたのは渚だった。それに応える渚も両腕で必死にレオニードにしがみついている。

凪は呆然と抱き合う二人の姿を眺めた。

胸が鋭い刃物で抉られたように痛い。足下にぽっかりと暗い穴が空いて、吸いこまれていくような気がした。

最初からわかっていた。わかっていたけれども、認めたくはなかった。

けれど現実は容赦なく凪を打ちのめす。

レオニードは偽者の恋人なんかじゃなく、本物の渚を選んだ。

それだけの話……。

もう自分の役目は終わってしまった。

この先、レオニードのそばにいるのは渚だ。レオニードの腕が引きよせるのは渚。抱きしめるのも渚。甘くキスするのも渚……全部……これからは全部渚のものになる。

痛みと喪失感がひどすぎて、もう涙も出てこない。

凪は強ばる身体を叱咤《しった》して、無理やりレオニードの背中から視線をそらした。

鉛のように重い足をひきずって、一歩、また一歩と必死に歩きだす。

もう幸せな二人は見たくない。

だから、少しでも遠くへ行ってしまいたかった。

9

「ナギ、あっちのお客さんが一杯奢《おご》りたいそうだ。何か飲むか？」

ピアノの演奏を終えてカウンターへ行くと、店のマスターが声をかけてくる。金髪を短く刈って黒のTシャツを着たマスターは、日焼けした精悍《せいかん》な顔を僅かにしかめ、親指を裏返しに突きだして合図する。

凪が指さされたほうを見ると、太った中年の客がだらしなく口元をゆるめて手を振った。

トリノの下町、それも裏通りにあるピアノバーだ。フロアの真ん中に年季の入ったグランドピアノが据えられ、そのまわりにボックス席がいくつか作られている。清掃だけは行き届いているものの、マスターにはあまり商売っけがなく、客の入りはいつも疎《まば》らだった。

そんな中で、凪に奢ると言ってきた客は、このところ毎夜のように通いつめてきている。口では凪のピアノが好きだからと言っているが、凪自身が目当てだということは誰の目にも明らかだった。

「すみません、マスター。断ってもらえますか？　ぼく、お酒はあまり飲みたくないので」

凪はそう呟いて、カウンターの隅に腰を下ろした。

こうしてマスターの近くに陣取っていれば、いざという時にも助けてもらえる。

「あんなのに目をつけられて、おまえも災難だな」

マスターは肩をすくめ、そのあと凪のためにソフトドリンクを出してくれた。

冷たいレモネードで喉を潤した凪は、小さくため息をついた。

レオニードと別れてから一ヶ月近く経っている。

ローマに行く前に、大学には退学届を出した。

本当はすぐにでも日本に帰国したかったのだが、所持金が底をついていた。週払いで借りていたアパートの家賃も溜めこんでいる状態で、引き払わざるを得なかった。

と言っても、凪の荷物など、僅かな着替えと楽譜ぐらいだ。それを凪は段ボール箱に詰めこんで、ローマの空港に預けておいたのだ。

どこかでバイトして、アパートの残りの部屋代と帰りのチケット代を稼がないといけない。凪にはけっこう負担の大きい金額だ。

そしてローマでもなくミラノでもなく、わざわざ遠いトリノまで来てしまったのは、ここがバルデッリの城に近い場所だったからだ。

お金もないのに、交通費をかけてまで、トリノまで……。

もちろんレオニードに会えるなんて、思っていない。ただ、帰国するまでの間、少しでも近い場所にいたかっただけだ。

駅で情報誌を手に入れて、最初に見つけたのがこのピアノバーでの仕事だった。日給は少ないけれど、マスターは親切な人で、安い宿も紹介してもらった。

この一ヶ月で目標の半分までお金が貯まったので、もう少しの辛抱だ。

ちらりとフロアに目をやると、先程の客が憮然《ぶぜん》としたようにこちらを見ていた。凪はかまわずに背を向ける。

その時、ふとカウンターの隅に載っていた雑誌に目が留まった。

「マスター、この雑誌、見せてもらっていいですか?」

「ああ、いくらでも」

手に取ってみると、車の雑誌だった。

凪は何気なくページをめくり、はっと硬直した。

グラビアのトップに写っていたのは、なんとレオニードだったのだ。忘れもしない、あの城の庭で写された写真だ。

見出しには、新車発表を控えるバルデッリの若き総帥――そんな文字が躍っていた。

レオニード……。

いつ、写されたものかわからないが、毎日のように夢で見ていた顔だ。

まだ、こんなにも胸が痛い。

写真を見ただけで、涙が溢れそうになるほど……。

忘れるなんて絶対に無理だ。もう凪には手が届かないところにいるレオニードだが、愛する気持ちを抑えることはできなかった。

今頃、レオニードは渚と幸せになっているだろうか。

渚のピアノを聴いて、渚を抱きしめて……。

しばらくの間、その渚の身代わりを務めた者がいたことを、レオニードは覚えているだろうか。

それとも、そんな者がいたことさえ気づかずにいるのだろうか。

凪の脳裏には、レオニードと過ごした幸せな日々が否応なく蘇ってくる。

腕を絡ませて散歩に出かけ、一緒に食事を取って、夜には情熱的に抱いてもらって……。

あの熱い感触は今でもよく覚えている。

凪は目を閉じて、思い出に浸った。

けれど、その幸せな時はそう長く続かない。先程の客が業を煮やしたようにカウンターまで押しかけてきたからだ。

「ずいぶんつれない態度だな、ナギ。おまえのピアノが聴きたくて、こうやって毎晩通ってきてるのに、少しはかわいらしく笑ってみせたらどうだ？」

太った客はすでに酔っているのか、カウンター席についた凪の肩を、馴れ馴れしく抱きよせてくる。

ぞっとするような不快な感触で、凪は思わず身をすくめた。

「お客さん、ナギはピアニストです。演奏以外のお相手はしません」

すかさずマスターが注意するが、酔った客は引く様子もなかった。そしてマスターがまだカウンターの向こう側にいるのをいいことに、凪を無理やり抱きしめてきた。

「やっ、やめてください！　離してっ！」

「いいじゃないか、これぐらい」

「お客さん、いい加減にしてください！」

そう言ったマスターが慌てたようにカウンターから出てくる。

しかし、マスターが追い払うまでもなく、客の腕をねじ上げた者がいた。

「ここは客を相手に、こういったサービスを提供する店か？」

怒りのこもった冷ややかな声。

凪の心臓は大きく飛び跳ねた。

「まさか、そんなことはやってません。その子はピアニストです」

マスターはいきなり現れた新しい客に向かい、むっとしたように答えている。

まさか……そんなはずはない。今のはきっと空耳だ。

雑誌で写真を見たから、いつも以上に会いたくてたまらなくなった。

だから、幻の声まで聞こえて……！

いつまでもめめしく諦めきれない自分に怒りを感じ、凪は勢いよく振り返った。

そして次の瞬間には石像のように固まってしまう。

レオニードだった！

幻でもなんでもない。本物のレオニード！　不快げに顔をしかめた長身の男は間違いなくレオニード本人だった。

凪はどうすることもできずに、ただ目を見開いているしかない。

「それならこの客は酔いすぎだ。お帰り願ったほうがいいだろう」

レオニードはうるさげに言って、ねじ上げた男を後ろに従えていたエミリオに引き渡す。

よほど力をこめたものか、凪を口説こうとした客は呻き声を漏らしているだけだ。

さすがのマスターも唖然としたように様子を見ているだけだ。そして酔った客は簡単に店から追いだされてしまった。

「支払いが残っているなら、わたしが代わりに払おう」

「い、いえ……」

「席に案内してもらおうか」

「あ、はい……どうぞ、こちらへ」

マスターに促されたレオニードは、助けた凪にはまるで興味がないように離れていく。

大きく心臓をざわめかせていた凪は、わけがわからず、ぼうっとなった。

偶然……？　レオニードがここに来たのは、単なる偶然……？

そうだ。レオニードは病院でだって気づかなかった。

だから、このピアノバーにもたまたま立ちよっただけだ。

愚かな期待を持ちかけた自分がおかしくて、笑ってしまいそうになる。

唇を震わせながら様子を眺めていると、酔った客をつまみだしたエミリオが店内に戻ってくる。

凪の正体を知る唯一の男だ。しかしレオニードの忠実な側近は、凪をちらりと見ただけで、何も言わなかった。

「リクエストはできるのだろうな？」

「は、はい……ピアニストに直接どうぞ」

ボックス席に収まったレオニードが尊大に訊ね、マスターはたじたじの様子で答える。

そのマスターに演奏を始めるように合図され、凪は仕方なくカウンターから立ち上がった。

動揺が大きく、まともな演奏をする自信がなかった。だが職も行き先もない凪に、マスターは親身になってくれた。本当は今すぐ逃げだしてしまいたいところだが、そんな恩知らずな真似はできない。

凪はぎこちなくピアノの椅子に座ってリクエストを待った。

もしレオニードが気づいていないなら、声を聞かせるわけにはいかない。

「リクエストは、ドビュッシーの『月の光』だ」

低い声が届いた瞬間、凪は目を見開いた。

いったんは静まっていた心臓が、また大きく音を立てる。

こんな下町にあるピアノバーで、ドビュッシーをリクエストする客はいない。

やっぱりレオニードは知っている？

「おまえは音大生のバイトだろう？　なのにドビュッシーは弾けないか？」

嘲《あざけ》るように言われ、凪は激しく首を振った。

普段のレオニードはこんな失礼な口のきき方はしない。正体がばれているのは明らかだった。

今の凪は、レオニードを傷つけて逃げた犯人。復讐するべき対象者というだけの存在なのかもしれない。それなら、それで、もう逃げるのはいやだ。できる限り毅然としていたい。

レオニードはマスターに運ばせたリキュールのグラスに口をつけている。視線は真っ直ぐで、刺すように凪を見つめていた。

レオニードは完全に視力を取り戻している。とうとう見えるようになったのだ。

それを確認しただけで、心の底から嬉しさが込み上げた。

凪はこくりと喉を上下させて、鍵盤に手を乗せた。

古びたピアノの音は、城のスタインウェイとは比べものにならない。それでも心を込めて音を鳴らせる。

あの時、目の見えないレオニードに、美しい月明かりを見せたくて、懸命に音を紡いだ。

銀色の粒がこぼれるようだった、あのきれいな月明かりを思い浮かべて鍵盤を叩く。

凪は夢中でピアノを弾き終えた。

余韻が消えるまでの間、誰も何も言わない。他に何人かいた客からも、拍手一つ鳴らなかった。

しばらくして、凪がふうっと息をつくと、ようやくレオニードが口を開く。

「相変わらず同じ場所でミスタッチか」

短く吐き捨てるように放たれた言葉に、凪はずきりとなった。

気を強く持っていようと思っても、青ざめてしまう。

精魂込めて弾いた曲なのに、レオニードは少しも心を動かされなかったのだ。しかも、同じ場所でミスタッチしたとは、あの時も間違いに気づいていたことになる。

凪にとって忘れられない思い出の曲も、レオニードにはどうでもよかったのだ。

悲しみがひたひたと押しよせた。

その頃になって、やっと店内からぱらぱらと拍手が湧き起こる。けれど温かな応援も慰めにはならなかった。

『月の光』のあとで、他の客からのリクエストを受け、凪は沈んだままで何曲かピアノを弾いた。

その間も、ずっとレオニードの冷たい視線を感じる。緊張が解けなくなった凪は無様なミスをくり返しながら、なんとかすべての曲を弾き終えた。

今日の演奏はこれで最後だ。

凪はピアノに蓋をして、逃げるようにフロアから出ていこうとしたが、背後からふいに伸びてきたレオニードの腕で捕らえられた。

「離してください！　もう演奏は終わりですから」

振り返った凪は、噛みつくような勢いで抗議した。

「離してやると思うか？　おまえは事故を起こしておきながら、現場から逃げ去った。わたしはそのせいで長い間苦痛にさらされていた。復讐《ヴェンデッタ》は当然の権利だ」

「……ヴェンデッタ……！」

凪は呆然と呟いた。レオニードはにやりと酷薄な笑みを浮かべている。

「そうだ、おまえは復讐されるべき相手。逃げられると思うな」

響いてきた声に、凪は小刻みに身体を震わせた。

やはり、犯した罪は許されないのだ。

レオニードは真っ青な瞳で見下ろしてくる。見えない時に、そこには温かな光があった。けれど視力を取り戻した今、レオニードの双眸は冷たく冷えきっているだけだ。

どんなに会いたいと思っていたか。

諦めようとしても、思い切れなかった。忘れることなどできなかった。

今でもこんなに愛しているのに、レオニードは凪をまるで物のように見ているだけだ。

10

バルデッリの城に連れ戻された凪は、身代わりを務めていた時に使っていた部屋に閉じこめられた。

レオニードの怒りは激しく、乱暴にベッドの上に放り投げられる。

「そこで服を脱げ。おまえは欲望処理の相手をしていたのだろう？　これも復讐の一環だ。また抱いてやる」

「やめて……レオニード。許して……」

冷酷で容赦のないレオニードに、凪は絶望的な声を上げた。

こんな荒々しいレオニードは見たことがない。

レオニードには渚という恋人がいるのに、欲望処理が目的で抱かれるのもいやだった。

「おまえに拒否する権利があると思うか？　身代わりを務めるようにそそのかしたエミリオにも罪はある。だが、おまえは目の見えないわたしを騙していた。忌々しい事故のせいで、おまえを簡単にナギサだと思いこんだ。おかしかったか？　しかもあの事故を起こしたのはおまえ自身だ」

凪は声もなく唇を噛みしめた。

間違えたレオニードをおかしく思うなんて絶対にない。でも騙したことは事実で反論の余地はなかった。

「さあ、早く服を脱げ。それともわたしの手を煩《わずら》わせるつもりか？」

レオニードは苛立たしげに言いながら、凪のシャツに手をかけた。以前とは違って動きが的確で、凪はたちまちジャケットとシャツを剝がれてしまう。

「お願い……許して……っ」

素肌をさらした凪は、少しでもレオニードの視線を遮ろうと、胸の前で細い両腕を交差させた。

「きれいな肌だ。散々触れて確かめて、おまえをすべて知ったつもりになっていたが、その初々《ういうい》しい姿は想像以上だ。しかし、少し触れるとおまえはすぐ淫らになる。わたしをくわえこんだ場所を見せてみろ」

「いやっ」

凪は涙をこぼしながら首を振った。

あんなに優しかったレオニードが、今は別人のように怖い顔をしている。

長い腕が伸びて素肌に触れられる。

指が乳首の先端を掠めたとたん、凪はびくっと大きく身を退いた。

「どうした？　おまえは自分から、抱いてくれと縋ってきたではないか？　今さら恥ずかしがるようなことでもないだろう」

馬鹿にしたような声に、凪はとうとう感情を爆発させた。

「いやです、こんなの！　いやだっ！」

夢中で叫んだ凪は、レオニードから逃げだそうとくるりと背を向けた。

けれど、その体勢はレオニードに対して隙を作っただけになる。

「逃げようとしても無駄だ」

鋭く言ったレオニードは簡単に凪をつかまえ、仰向けでベッドに押さえつける。

「やっ」

首を振って拒否しても、もう逃げられなかった。

レオニードの手と舌が、さらされた肌の上を這いまわる。

どんなに抗ってもレオニードはものともせずに、露出した肌をいやらしく撫でまわす。

凪は瞬く間に高められてしまった。

何度か抱かれただけなのに、ずっと会っていなかったのに、凪の身体はレオニードの愛撫を覚えている。だからほんの少しいじられただけでも、反応してしまう。

こんなふうに無理やり抱かれるのはいやだ。それでも快感には逆らえなかった。

乳首を散々いじられて、それから下着ごとズボンも取られ、張りつめた性器を揉みしだかれる。

平らな胸でいやらしく乳首を尖らせ、中心からだらだら蜜をこぼしている自分が死にそうなほど恥ずかしかった。

しかも今のレオニードは凪の反応をしっかり自分の目で見ているのだ。

「ああっ、レオニード……」

凪は淫らな声を上げながら腰をよじった。

レオニードは上からさらにじっと覗きこんでくる。

「もう欲しがっているのか……無邪気な顔をしながら、ずいぶん淫らだ。だがこれは罰だ。簡単には達かせない」

「な、何……？」

冷ややかな声に凪は涙で潤んでいた目を見開いた。

「すぐに達けないように、これで縛ってやる」

「やっ、やだ！」

レオニードが取りだしたのは細い紐《ひも》だった。

何をされるか察した凪は大きく腰をよじった。けれどレオニードの動きのほうが一瞬早く、張りつめた中心を捕らえられてしまう。

「いやだ……やめて……ああっ」

根元に紐を巻きつけられて、凪は掠れた悲鳴を上げた。

達する寸前だったのに、堰《せ》き止められてしまったのだ。

身体の中で何かが暴れまわっているようだった。あまりの苦しさで凪は背を仰け反らせた。

「いやらしくて、なかなかそそる格好だ」

レオニードはそんなことを言いながら、縛られた中心を指で押す。

こんな仕打ちを受けてさえ、そこは張りつめたままだった。触れられたせいで先端にはさらにじわりと蜜が滲む。

それでも根元を縛られているので、欲望を吐きだせない。

「いや……あぁ……」

苦しさのあまり、凪はベッドの上でのたうった。

けれどレオニードは残酷にも、凪の首筋に手を差しこんで上体を抱き起こす。

「ナギ、口を開けろ」

「やっ」

顎《あご》をつかまれて、無理やり口を開けさせられる。

そしてレオニードは空いた手で自らフロントを乱して凶器を取りだした。

すでに最大まで張りつめているものを無理やり凪の口に押しつけてくる。

「んっ、んう……んっ、ん」

逆らうすべはなく、太いものをいきなり喉の奥まで達するかと思うほど深く突き入れられた。

そのうえ口を閉じないように顎を押さえられたまま、容赦もなく漲ったものを出し入れされる。

「うう……うっ、んんっ」

苦しさのあまり、どっと涙がこぼれた。

いつも優しく愛されていたのに、こんなに乱暴なレオニードは初めてだ。

「う、んぅ、んんぅ、う」

レオニードは逞しい腰を何度も突き入れ、そのたびに呻いてしまう。

苦しいのは下半身も一緒だった。こんな仕打ちを受けても凪の中心は張りつめたままで、しかも吐きだすことさえできないのだ。

何度も激しく出し入れされているうちに、頭が朦朧としてくる。

堰き止められたせいで身体中が熱く、よけいに頭がおかしくなってくる。

レオニードは逞しい……。

苦しくてたまらないけれど、この巨大なものを受け入れていたのだ。

身体の奥までこれを受け入れて一つに繋がると、どんなに気持ちがよかったか……。

レオニードに愛されて、どんなに満たされたか……。

凪はいつの間にか苦しさを忘れ、自分から夢中で舌を絡めていた。

口を犯されているだけなのに、身体の芯でも熱い疼きが生まれる。

「さあ、全部のみこめ」

激しく腰を動かしていたレオニードは、ひときわ強く突き入れてきた。

次の瞬間にはどくりと勢いよく欲望が放たれて、凪の喉を灼く。

でも全部はのみこめずに、口からだらりとこぼれてしまう。

「うっ……く……けほっ」

レオニードはゆっくり楔《くさび》を引き抜いて、凪を上向かせる。

「淫らでますますそそる顔になった。口でくわえていただけなのに、ずいぶん気持ちよかったようだな」

嘲るように言われ、凪の胸は激しく痛んだ。

いくら復讐でも、こんなふうに嬲られるのは悲しかった。

けれど、レオニードが言ったとおり、自分は本当に淫らな身体になってしまったのだ。

ひどいことをされても、レオニードが欲しいと思ってしまう。

いやなのに感じてしまって、それでまた悲しくなってしまう。

「さあ、今度はおまえの蕾を舐めてやろう。後ろを向いてわたしの身体を跨《また》げ」

「いやっ、そんなの……できないっ！」

凪は首を振った。

それでも許してもらえず、腰をつかまれて無理やり後ろを向かされる。

けれど、レオニードの顔に向けて腰を差しだすような格好はできない。まして足を開いてレオニードを跨ぐなど、そんな恥ずかしい真似はどうしてもできなかった。

だって、レオニードは見えている。全部見えているのに！

「早くしろ」

もたもたしていた凪は、レオニードにぴしゃりと尻を叩かれた。

「ああっ」

まるで子供の躾《しつけ》でもしているような仕打ちに、凪は死ぬほどの羞恥に駆られながら仰け反った。

レオニードは苛立たしげに凪の片足をつかんで自分の身体を跨がせる。

凪はあっけなくレオニードの身体を挟んで大きく足を開く淫らな体勢を取らされた。

「いやあ……ああっ」

死ぬほどの羞恥に駆られ、涙がとめどもなくこぼれてくる。

何もかも見られていた。

根元に紐を巻きつけられても、中心はいやらしく蜜を滲ませている。

蕾だって愛撫を欲しがってひくひくうごめいている。

それを全部見られているのだ。

レオニードは先端に滲む蜜を舌先で舐め取った。それから張りつめたものにねっとりと舌を這わせてくる。

達する寸前で我慢させられている凪には、たまらない仕打ちだった。

「ナギ、どうしてほしいか、素直に言え」

「いやっ、……あ、ああ……っ」

凪は必死に首を横に振った。

レオニードは恥ずかしいことを言わせようと焦らしている。

「ナギ、どうした？」

レオニードはまたぺろりと舌を這わせただけで催促する。

疼いてたまらない狭間も指でなぞられて、凪はさらに身体を震わせた。

このままでは本当におかしくなってしまう。

「やあっ……！　は、早くっ、い、達かせて、ほし……っ！」

凪はとうとう高い声を放った。

「やっと素直になったか……いいだろう。望みどおりにかわいがってやる」

レオニードは含み笑うように言いながら、そろりと凪の双丘を撫でまわす。

狭間に熱い息がかかり、凪は期待のあまり、ひくりと喉を上下させた。

「いっ、や……あ……っ」

ひくついていた蕾をそろりと舐められる。

とたんに熱い疼きが生まれていやらしく腰が揺れた。

ねだるような動きに応えて、長い指が奥まで押しこまれる。

「あああっ！」

くいっと弱い場所を抉られて、凪はひときわ高い声を上げた。

いつの間にか紐が解かれ、入れられた指を思いきり締めつけながら白濁を吐きだす。

「もっと泣き顔を見せてみろ」

レオニードはぐったりした凪の身体を抱き起こし、改めてベッドの上に押し倒す。

足をこれ以上ないほど広げさせられて、予告もなく硬い杭を突き挿された。

「ああ——っ……」

衝撃で大きく仰け反った凪を、レオニードの腕がしっかり抱きしめる。

そして息をつく暇もなく、激しい律動が始まった。


「ナギ、大丈夫か？」

耳元で心配そうに囁かれ、凪は重いまぶたを上げた。

ぼんやりしていた視界が晴れると、一番に飛びこんできたのはレオニードの貴族的な顔だった。

真っ直ぐ自分を見つめる瞳は、真っ青に澄みきっている。

「……レオニード……」

凪が掠れた声で名前を呼ぶと、レオニードの顔に極上の微笑が浮かぶ。

青い目を細めたレオニードは、愛しげに凪の頭を撫でた。

夢でも見ているのだろうか？

さっきまで、あんなに怒っていたのに、どうしてこんなに優しいのだろう？

それともピアノバーでの再会から、全部夢だったのだろうか？

「気がついたか、ナギ？　怒りのあまり、大人げなくおまえを虐《いじ》めてしまった」

「え？」

ぼんやりしていた凪は、その言葉でようやく正気に戻る。

凪は天蓋つきのベッドに寝かされ、レオニードはそのそばにガウン姿で腰を下ろしている。

羽毛の上掛けがかかっていたが、身体には何もつけていなかった。さっき抱かれた時に気を失い、それからさほど時間が経っていないのだろう。

色々と思いだした凪は羞恥で頰を染めながら、上掛けの端をぎゅっと握りしめた。

「ひどく抱いてしまった。許せ」

「レオニード……あの……？」

どうしてレオニードの態度が急変したのかわからず、凪はぽつりと問い返す。

「おまえが混乱するのも無理はない。おまえを捜しだすのにずいぶん時間をくったせいで、苛立ちが最高潮に達していたのだ。それに、わたしに黙って姿を消してしまったおまえには、心底怒りも感じていた」

「でも、どうして……ですか？」

凪は焦りに似た思いに駆られて、ベッドの上に上半身を起こした。

レオニードはそんな凪の肩を宥めるように抱きよせる。

頬に触れられて、唇に軽くキスもされ、凪はせつなさで胸を震わせた。

自分は復讐の対象だったはず。だったら、こんな優しいキスはしないでほしい。

「ナギ、ずいぶんおまえを捜した。ローマの病院ですぐにおまえを見つけられなかったわたしを許せ。わたしはおまえをナギサと間違えていた。最初に勘違いをしたせいで、取り返しのつかない事態を招くところだった」

「でも、あなたは目が見えなかったのだし、エミリオがしばらく渚さんの代わりを務めてくれって」

「そうだ。エミリオから真相を聞いた時、わたしは我を忘れてあいつを殴りつけるところだった。おまえは何か勘違いをしているようだが、ナギサは恋人でもなんでもない。優秀な若いピアニストとして応援していただけだ」

思いがけない言葉に凪は目を見開いた。

レオニードは真剣な表情で、とても嘘を言っているようには見えない。

「わたしはおまえを愛している。視神経がやられて苛立ちに襲われていた時に、そばで支えてくれたのはおまえだ。わたしがこの手で触れて愛したのもおまえだけだ」

「……！」

「信じられないか？」

凪は激しく首を振った。

信じられない。こんな都合のいい夢みたいなことが起きるなんて、とても信じられない。

ずっと渚の身代わりだとばかり思っていたのだ。どんなに愛しても、レオニードは決して自分の手では届かない場所にいると。

それなのに、急に愛していると言われても、信じられるわけがなかった。

「そうか、無理もないな。さっきはひどく抱いてしまったし。さて、どうしたものか。おまえにわたしの愛を信じてもらうには、どうすればいい？　教えてくれ」

「だって、ぼくなんですよ、あなたの目を見えなくしたのは！　さっき、あなただって、そう言ったじゃないですか」

凪は悲鳴のような声を出した。

嵐のように気持ちが高ぶって、どっと涙も溢れてくる。

レオニードはそれを見たとたん、ぎょっとしたように凪を抱きよせる。

「悪かった。泣くな、ナギ……おまえを愛している」

「レオニード……」

凪は温かな胸に顔を伏せ、思いきり泣きじゃくった。

「おまえが姿を消したと知って、どんなに心配したことか。大学まで辞めてしまったというのに、おまえは日本にも帰っていなかった。病院ですれ違った時、おまえだと気づかなかったせいで、わたしは永遠におまえを失ってしまうところだった。散々行方を捜させてあのピアノバーでようやくおまえを見つけた時は、とても許してやれないと思ったほどだ」

嗚咽を上げる凪に、レオニードは何度も根気よく言い聞かせる。

大きな胸にしがみついているうちに、凪の気持ちはなんとか落ち着いてきた。

まだ信じられない気はするが、レオニードは渚ではなく、凪自身を求めてくれている。それがやっと頭に入る。

凪は涙に濡れた顔を上げた。

こんな日が来るなんて、想像もしなかった。

「……好き……あなたが好きだ。愛している……だから、身代わりでいることがとてもつらかった。だけどぼくはあなたの目を傷つけるという罪も犯していた。だから、許されるはずがないと思って……悲しかった」

「ナギ、あれは事故だった。それに運転中に何かあったのだろう？　人を思いやり、あれほど細やかな神経を使うおまえが、なんの理由もなく運転を誤るとは思えない。それに、あの事故でわたしが視力を失ったからこそ、おまえとこうして出会えたのだ。だから、むしろ感謝したいぐらいだ」

「レオニード……」

すべてが許されて、凪はまた新たな涙をこぼした。

レオニードはそんな凪を優しく抱きしめながら、情熱的に口づける。

愛し合う恋人同士として交わす最初のキスは、涙の味がした。

「んっ……んん……ぅ」

夢中で口づけを交わしているうちに、レオニードの腕が再びさらりと凪の肌を滑る。

静まっていた熱を掻き立てられて、凪の身体はすぐに燃え上がった。


そろりと確かめるように指を這わされて、そこに熱く逞しいものが押しつけられる。

ぬるりと誘うように硬い先端を滑らされ、凪は激しく首を振った。

焦らされるのはいやだ。

早く欲しい。早くレオニードを入れてほしい。

「や、レオニード……もう……やっ、焦らさないで、入れて……っ」

叫んだとたん、硬い切っ先が突き挿さった。

四つん這いの体勢で、狭い場所をこれ以上ないほど広げて、熱く滾ったものが中に入ってくる。

侵入は怖くなるほどどこまでも続いた。

「ナギ……愛している……」

「あ……あああ……あ……」

凪はか細い声を上げながら、巨大なものを根元までのみこんだ。

身体の最奥でどくどくと力強い脈動がする。

「う、く……っ」

肩を上下させて息を継ぐたびに、入れられたものの大きさを感じさせられる。

怖いほど広げられ、奥の奥まで埋め尽くされていた。

後ろからゆっくり下から揺さぶられ、凪はぎゅっと中のレオニードを締め上げた。

「やっ……ああ……っ」

硬い切っ先でいやというほど繊細な襞《ひだ》を擦られる。

たまらなかった。

堪えようもなく次から次へと快感が湧き起こる。

「すごいぞ、ナギ……おまえの襞が熱くとろけて、まとわりついてくる」

敏感な耳に直接吹きこまれる熱い囁きで、ぞくりと背筋が震える。

その時、また凪の壁が勝手にレオニードを締めつけた。

とたんに耐えきれないほどの愉悦が噴き上げてくる。

いやらしい蠢動《しゅんどう》は自分では止めようがなく、助けてほしくても後ろから抱かれているので、レオニードに縋ることもできなかった。

「あっ、レオニード……やっ、この、格好……っ」

「それなら、ちょっと我慢しろ」

言葉が終わらないうちに、繋がったままで身体を起こされる。

「ああっ、く、うう」

座ったレオニードに後ろ向きで腰かけるような体勢だった。

体重がかかり、よけいに深々と太いものに犯されてしまう。

「これでおまえも好きなように動ける。ナギ、気持ちよくなるように自分で腰を動かせ」

「あっ……あ、やっ」

催促するように小刻みに腰を揺らされて、凪は激しくかぶりを振った。

自分から動くなんて、そんな恥ずかしい真似はできない。

けれどもっともっとレオニードが欲しかった。

身代わりじゃない。レオニードは凪自身を愛してくれている。だから、もっともっとレオニードを感じたかった。

凪はレオニードの胸に背中を預けながら、ゆっくり腰を浮かせた。

硬く張った鰓《えら》で敏感な壁を擦られる感覚がたまらない。

だがずるりとすべてが抜けだす寸前で、腰に添えられたレオニードの手に力が入り、下までぐいっと引き下げられてしまう。

「ああっ、やあ――っ」

最奥まで一気に貫かれて凪は仰け反った。そのうえレオニードは切っ先で深い場所を抉ったまま力強く腰をまわす。

快感が脳天まで突き抜けて、また反動で灼熱の杭を締めつける。

「やあ、そんなに動かない…でっ……お願い……壊れちゃう……っ」

凪は仰け反りながら悲鳴を上げた。

今にも欲望を噴き上げてしまいそうだ。

「ナギ……かわいいナギ……大丈夫だ。もっと、好きなだけ感じればいい」

熱っぽく言ったレオニードは、凪の胸に手を伸ばし、左右の乳首を同時につまみ上げる。

散々いじられてぷっくり腫れていた先端を刺激され、凪はまた中のレオニードを締めつけた。

「くっ……うう」

もう限界だった。

達きたくて達きたくてたまらない。

極限まで張りつめたものは、欲望を吐きだす瞬間だけを待っている。でもあと少しの刺激が足りなかった。

ほんのちょっとそこに触れてもらえるだけで達けるのに、レオニードは意地悪く乳首ばかりいじっている。

「達きたいのか、ナギ?」

「ん……っ」

訊ねられた凪はこくりと頷いた。

「前に触ってほしいのか? 残念だが、わたしの手は塞がっている。自分でなんとかしろ」

「えっ、そんなの、いやっ」

「我《わ》が儘《まま》を言うな」

レオニードは凪の乳首をつまんだままで、ひときわ強く腰を突き上げた。

「あああ――っ」

とたんに、頭が真っ白になるほど強烈な快感に襲われる。

凪は知らず知らずの間に、自分のものに手を伸ばしていた。

下から突かれるたびに、自分からも淫らに腰をくねらせ、そして蜜を溢れさせている中心を自分の手で握りしめる。

どんなに淫らな姿をしているか、もう気にしている余裕はなかった。

ただ背中からしっかりと自分を抱き留め、身体の奥で一つに繋がっているレオニードの存在だけがすべてだった。

「ナギ……心から愛している」

囁かれた刹那、凪は上りつめた。

「あ……ああ……」

ぎゅっとひときわ強くレオニードを締めつけながら、悦楽の徴《しるし》を噴き上げる。中でレオニードも弾けた。一番深い場所にいやというほど情熱の証《あかし》を注ぎこまれ、凪は再びぶるりと身を震わせた。

「ナギ……ずっとおまえを離さない」

名前が呼ばれ、背後からしっかりと抱きしめられる。

「あ、レオニード……」

解放の余韻でぐったりとなりながら首を後ろに向けると、すぐに唇も塞がれた。

心も身体もすべてがレオニードと繋がっている。

レオニードのすべては凪のもの。そして凪のすべてもレオニードのものだった。

エピローグ

「凪、こっち！」

凪の姿を見つけた渚が手を振りながら駆けよってくる。

石畳を敷きつめた、通い慣れた大学の中庭だった。

そばまで駆けてきた渚は、凪の隣に立つ長身の男に、むっとしたような顔を向ける。

「レオニードも来たの？　凪のこととなると、どうしてそう心配性になるわけ？　ぼくがちゃんと面倒を見るから大丈夫って言ったのに」

「渚さん、レオニードはミラノで仕事があって、そのついでだからって送ってもらっただけです」

レオニードに代わって凪が言い訳すると、渚は容赦なくひらひらと右手を振る。

「ああ、わかってる。でも、とにかく学内ではレオニードは邪魔なだけ。役に立たないんだから、そこで待っててもらうから。さぁ、行こう、凪」

渚は強引に凪の手を取って歩きだす。

凪が提出した退学届は正式には受理されていないことがわかった。ロッソ教授が大学を辞め、その時に、過去に色々あった問題が明るみに出たのだ。凪が退学届を出したのも、教授が原因かもしれないと、保留にされていたのだという話だ。

渚がもたらした朗報はもう一つあった。

凪が憧れていたインザーギ教授のレッスン枠に空きが出たのだ。

渚は、一時とはいえ、凪に冷たく当たったことを反省したらしく、盛んに復学するように勧めてきた。

ピアノを勉強したい気持ちは失っていない。レオニードにも強く後押しされて、凪は大学に戻る決意を固めた。

そして、今日がその手続きの日だった。

頭上を仰げば、真っ青な空が広がっている。

凪は幸せを噛みしめながら、レオニードを振り返った。

愛する人は、空よりも青く澄みきった眼差しで、見守ってくれている。

凪の前途に開けているのは希望のみだった。


―― FINE ――

蜜月の花嫁

CROSS NOVELS

「なんだ、この部屋は？」

凪《なぎ》が重い木のドアを開けたと同時だった。レオニードのいかにも不快げな声が響き渡る。

ある程度覚悟をしていた凪は短く息を吐き、上質なスーツに身を固めた長身の男を見上げた。

何もかも完璧に整った貴族的な顔立ちに、すっきりと整えられたダークブロンドの髪。そして、いつも凪をとらえて離さない真っ青に澄みきった瞳。けれども今のレオニードは厳しい表情を浮かべ、まるで古代ローマに君臨していた皇帝のような威厳を漂わせている。

それに比べれば、凪など皇帝に仕えていた奴隷がいいところだ。何度も洗いざらしたシャツになんの変哲もないジャケットを羽織っただけ。体型も男らしいというにはほど遠く、顔立ちも平凡。十二歳という年の差を抜きにしても、敵うところなどどこにもなかった。

けれど、気後れしているだけでは話が進展しない。

凪は意を決して口を開いた。

「この部屋、すごく狭いけど、大学に近くて便利なんです。大家さんだって親切だし」

「便利だと？　わたしにはとてもそんなふうに見えないが。とにかく、ここはまともな人間が住む部屋じゃない。駄目だ」

うんざりしたように決めつけられて、凪はびくりと首をすくめた。

ドア口に立ったレオニードは、じろりと室内に視線を巡らせている。

古びたアパートの六階にある部屋だった。建物自体は立派なものだが、その分、玄関ホールからの距離がかなりある。まず年代もののエレベーターで五階まで行き、廊下を延々と歩いて建物を半周する。そこからさらに階段を上ってまた廊下を歩き、やっとこの入り口にたどり着く。ようは屋根裏部屋だ。

そしてレオニードが眉をひそめている原因は他にもあった。

一間しかない部屋はきわめて狭く、しかも古い小型のグランドピアノとベッドでほとんどの床面が塞がれている。他には造りつけのクローゼットがあるだけで、テーブルや椅子を置く余裕もなく立って歩くのさえ困難なほどだ。

北イタリアの美しい城で優雅な生活を送っているレオニードには、この極端な狭さが信じられないのだろう。

でも貧乏学生の凪には似合いの部屋だ。それに、今まで暮らしていて、特に不自由を感じたこともない。

「レオニード、ぼくなら大丈夫です。この部屋、慣れるとけっこう快適なんですよ。窓を開ければ風もよくとおるし、手すりの間に小鳥が巣を作ってるから、観察してると楽しいし」

凪は極力明るい声で説明した。

窓の手すりが小鳥の糞だらけになっているのは内緒にしておく。

しかし、凪がにこっと笑いかけても、レオニードは渋い顔をしたままだ。

「とにかく感心しない。こんな部屋におまえを住まわせておくわけにはいかない」

「レオニード、ぼくはもう決めちゃったんです。またここに住まわせてもらおうって」

凪は根気よく説得した。

レオニードの城にいた間に家賃を滞納し、いったんは引き払ったアパートだが、また大学に通いだすなら、ここに住むのが一番だ。心配してくれるのはありがたいけれど、引くわけにはいかない。

「ナギ、おまえはミラノにあるわたしの屋敷から大学に通えばいい。郊外だから多少距離はあるが、送り迎えの車も用意する」

宥めるようなレオニードの言葉に、凪は勢いよく首を横に振った。

「そんなの絶対に駄目です！　ぼくはただの学生なんですから、贅沢な暮らしを続けるわけにはいきません」

バルデッリ家はトリノに近い城だけではなく、このミラノにも豪壮な屋敷を所有している。今日だって、その美しい屋敷からここまでやって来たのだが、そこに住み続けるなんて、とんでもない話だ。

「ナギ、それがいやなら、わたしが適当な部屋を探してやる。ここより快適で大学に近ければ、文句はないだろう？」

凪はそれにも首を振った。

レオニードのお眼鏡に叶う部屋など恐ろしく高級で、家賃だって天文学的に高いに決まっている。それにレオニードは、その家賃だって凪には払わせないつもりだろう。

「これ以上、あなたに迷惑はかけたくない。それにぼくはこの部屋が気に入ってるんです」

「駄目だ。この部屋だけは絶対にやめろ」

いくら言っても、頭ごなしに駄目だとくり返されるばかりでは、さすがの凪も徐々に腹立たしさが募ってくる。

レオニードのことは大好きだが、凪のほうにも信念がある。

奨学金とバイトでなんとかやっていく。

決めたことは実行したかった。

それにレオニードにも、自立してやっていきたいという気持ちをわかってもらいたい。

「レオニード、いくら反対しても無駄です。これはぼくの問題ですから、ぼくの好きなようにします」

凪は努めて毅然と言い返した。

真面目で、大人しい学生――。

身長はそこそこあるものの、線の細い身体つき、それに繊細な顔立ちとも相まって、凪はそんな印象を持たれることが多い。レオニードにしても、凪がここまで強情になるのは見たことがないはずだ。

真っ青な瞳をじっと見つめていると、レオニードがふっと口元をゆるめて息を吐く。

「仕方ない。そこまで言うなら譲歩しよう。確かにこれはおまえ自身の問題だ。それに自立することがおまえにとって大切なら、わたしも協力しなければならない」

「ありがとう！　レオニード」

凪は嬉しさのあまり、思わずレオニードの胸に飛びこんだ。レオニードはまだ廊下に立ったままだったが、凪は自分から背伸びしてそっと感謝の口づけをする。

だが、触れ合わせただけの唇を離そうとした時、今度はレオニードに強く引きよせられた。

「だ、駄目……っ」

濃厚なキスを仕掛けられそうになり、凪は慌ててレオニードの腕から逃げだした。

同じ階の住人がいつ廊下に出てくるかわからない。いくら二人の気持ちが通じ合っていても、公衆の面前で男同士がキスしていていいとは思わない。

凪の不安を察したのか、レオニードは渋々といった様子で手を離す。

「ナギ、嬉しがっているのに水をさすわけではないが、譲歩するには条件があるぞ。今日のところは諦めて、わたしと一緒に屋敷に戻ってくれ」

「え？」

目を見開いた凪に、レオニードはからかうような笑みを見せる。

「今すぐおまえを手放すのは無理だ。そう仕向けてきたのはおまえのほうだ。だが、まさか……わたしに、この部屋のベッドを使えとは言わないだろう？」

「だって……そんなの無理……」

示唆されたことが恥ずかしく、凪は真っ赤になった。

いくら抱き合うのが当たり前になっていても、あまりにもあからさますぎる。そしてレオニードがこの狭い部屋のベッドにいるところは想像もできなかった。

「それとも、このままわたしを締《し》めだす気か？」

レオニードがわざとらしく眉間に皺をよせる。

離れがたく思うのは凪のほうも同じだった。

「わかりました。一緒に屋敷へ戻ります」

「今日だけじゃないぞ。二、三日は時間をくれ。おまえがこの部屋を使うのは、来週からということでどうだ？」

凪はその条件にもこっくりと頷いた。

一人暮らしを再開するのは別に今日でなくてもいい。大切なのは、レオニードがちゃんと自立を認めてくれたことだ。少しぐらい日にちが延びてもかまわなかった。

何よりも、このままレオニードと別れてしまうのは、凪のほうだって寂しいのだ。

凪はきちんとドアに鍵をかけ、レオニードとともに狭いアパートの階段を下り始めた。結局、レオニードは一歩も室内に足を踏み入れずに終わったのだった。

それから三日間、凪はミラノの郊外にあるバルデッリ家の屋敷で過ごした。

城に比べれば規模は格段に小さくなるが、ここも優雅で美しい館だ。

何十人もいる使用人に傅《かしず》かれ、王侯貴族のように暮らしていると、レオニードがマフィアのボスという一面を持っていることさえ忘れてしまいそうになる。

それに優しい恋人は凪を徹底的に甘やかし、またとろけるように愛してくれる。

約束より少し早めにこの屋敷での生活を切り上げないと、せっかく認めてもらった一人暮らしができなくなってしまうかもしれない。

凪が幸せのあまり、そんな心配までし始めた頃だった。

「ナギ、おまえに相談したいことがある」

日曜の朝、陽射しの降り注ぐテラスで遅めの朝食を終えた時に、レオニードから言われ、凪は小首を傾げた。

相談があるなど、ずいぶん珍しい。

「なんですか？」

「実は、ミラノの市内に住んでいる知り合いから、しばらく家を空けるので、留守番をしてくれる人間を探してくれと頼まれた。おまえの友だちで誰かいないか？」

「留守番、ですか?」

「ああ、そうだ。持ち主は富裕な老婦人だが、家自体はさほど大きなものでもない。とにかく留守の間、管理会社に任せておくだけでは手入れが行き届かない。だから、住みこみで掃除などをしてくれる人間を探してくれという話だ。もちろんバイト料も出る」

「え、バイト料まで貰えるんですか?」

凪は俄然興味を引かれ、急きこむように訊ねた。

だが、白いリネンのかかったテーブルを挟み、レオニードはゆったり紅茶を口にするだけで、なかなか答えてくれない。白地に花模様のあるカップがソーサーに戻された時、凪はすでにうずうずとした気持ちが抑えられなくなっていた。

「家賃と相殺の形になるから、額はそう多くない……その家にはピアノもあって、自由に使っていいそうだ。だが、おまえは部屋を決めてしまったし、最初はナギ、いや、ナギサだ。あの子に声をかけてみてもいいかと思ったのだが、家の手入れに向いているとも思えない。どうだ、誰か音大の友だちで、この話に興味を持ちそうな者はいないか?」

「レオニード……」

凪はどきどきと胸を高鳴らせながら、ようやくそれだけを口にした。

その家を見てみたい。

しかし、この前あれだけきっぱり屋根裏部屋に住むと宣言したばかりだ。とてもそんなことは言いだせなかった。

「部屋数は全部で十ぐらいだったはずだ。小さいが、庭もある。老婦人の趣味のよさはわたしが保証する。リビングも居心地よく整えられているし、ピアノの調律も欠かしたことがないそうだ」

聞けば聞くほど条件がよく、そそられる話だ。

絶対にあの屋根裏部屋に住む。

そう意地を張る前にこの話を聞かされていたとしたら、凪自身が真っ先に引き受けたかった。

「取りあえず、おまえにその家を見せておいたほうがいいか。誰か探してもらうにしても、どういう家なのか知っていれば説明するのが簡単だろう。どうだ、ナギ。これから予定がないなら、わたしと一緒に行ってみないか?」

「はい、ぜひ!」

凪は勢いこんで承知した。

レオニードはおかしげに口元をゆるめていたが、凪の頭の中は未知の家への興味で埋め尽くされており、この話に作為があったことなど、少しも気づかなかったのだ。

ミラノの市内でも閑静な屋敷が並ぶ中に、そのかわいらしい家があった。

かわいらしいと言っても、日本の家屋を基準にすれば、かなり立派なものだ。

白っぽい石造りの三階建て。レオニードから聞かされたとおり、庭には薔薇をはじめ、色とりどり花々が咲き誇っている。

重厚なドアには古めかしいノッカーもついていたが、その形も薔薇の花が象《かたど》ってあった。

持ち主はすでに長期の旅行に出かけたとのことで、レオニードが預かっていた鍵を使ってドアを開ける。

小さなホールを抜けた場所が吹き抜けのリビングになっており、中央にグランドピアノが据えられている。突き当たりはガラス戸を填めこんだサンルームふうの造りで、花と緑で埋め尽くされた庭に出られるようになっていた。

室内には趣味のよいクラシックな雰囲気の家具が配置され、暖炉もある。

「すごい……」

凪は一歩室内に足を踏み入れたと同時に、この部屋が好きになっていた。

「ナギ、寝室を見てみるか？　二階にある」

「はい」

レオニードに促され、凪は夢見心地で階段を上った。

その階段の途中にも、さりげない飾りつけがある。下半分は階段と同じ焦げ茶色の腰壁、上部は真っ白な塗り壁で、小さな額がいっぱいかかっていた。花や小鳥を描いた油彩画が多く、それらを見ただけで、持ち主が優しい人なのだろうなと想像できた。

「ここが寝室だ。きちんと住んでくれるなら、どの部屋を使ってもいいという話だが、ここが一番だろう」

「ほんとに、素敵な部屋だ……」

凪はそう呟くのが精一杯だった。

温かみのある木の床に、ところどころ毛足の長いラグが置かれ、奥のベッドにかけられたカバーとカーテンは落ち着いたブルー。クローゼットと、ライティングデスク、カウチなどの家具も年代物だが、使い心地がよさそうなものばかりだ。

バルデッリの城や屋敷の部屋も素晴らしかったが、豪華すぎて馴染めない部分があった。けれど、この部屋は違う。

凪はすっかり魅了されながら、室内を歩きまわった。

窓からの景色も確かめたくて、ブルーのカーテンを引くと、真っ白なレース越しに、花の咲き乱れる庭と明るい空が見える。

上がアーチ型で縁が白に塗られた窓を押し開けると、心地のいい風が入ってきた。

だが、凪は深いため息をついた。

どんなにこの部屋が気に入ろうと、あれだけ意地を張ったのだ。今さら屋根裏に住むのをやめるとは言いだせなかった。しかもレオニードが心配して、色々と親切な申し出をしてくれたのに、それらをすべて断ってしまったのだから、なおさらだ。

「ナギ、どうだ？　気に入ったか？」

「あ、はい……」

振り返ると、いつの間にかレオニードがすぐそばに立っていた。

「どうした、元気のない声を出して？」

勘のいいレオニードには隠しごとができない。

「なんでも……なんでもないです。この部屋、ほんとに素敵だから、留守番で下宿する人、すぐに見つかりますよ。それで、あとからこの家のことを知った子たちは、みんな羨ましく思うに決まってます」

凪はそう口にしたことで、ふいに自分の狭苦しい部屋を思いだしてしまった。

自分は奨学金とバイト代だけで生活する身だ。だから贅沢なんか言わない。ピアノさえ勉強できればいいのだ。

あの部屋にはちゃんと練習用のピアノもあるし、眠るためのベッドもある。そして窓の外には小鳥だって……。

だが、かわいらしい小鳥が残すものを思い浮かべ、凪はなんだか悲しくなってきた。

こんなことではいけないと、かぶりを振って視線を上げる。

すると、心配そうに見つめているレオニードの青い瞳にぶつかる。

そうだ。レオニードがいる。

愛するレオニードには時々会えるのだから、これ以上は何も望まない。

「ナギ……」

囁かれたと同時に、レオニードの長い腕が絡んでそっと抱きしめられた。

温かな胸に顔を埋めたとたん、何故だか強ばっていた気持ちがすうっと解けていく。

レオニードはいつだって優しく包みこんでくれる。だからこそ、もう些細なことにはこだわらず、素直になりたいと思う。

「レオニード……ぼくじゃ駄目ですか？　ここに住みたい。掃除はちゃんとします。他の手入れだってしっかりとやります。だから、ぼくを推薦してください」

意地を張っていたのに、前言を撤回するのは恥ずかしかった。呆れられてしまうのではないかと心配にもなった。

だが、レオニードは心底安堵したように大きく息を吐きだしたのだ。

「助かった……やっと言ったな」

「え？」

なんのことかわからず顔を上げると、レオニードが口元をゆるませる。

「おまえが自分から言いだすのを待っていた。わたしが命令しても、おまえは言うことをきかないからな」

「それじゃ、もしかして最初からぼくのためにこの部屋を探してくれたのですか？」

「そういうことになるな」

「まさか……まさか、あなたがこの家の持ち主ということは……？」

凪は心配になって語尾を震わせた。

レオニードにはあまり甘えたくない。その気持ちに変わりはなかった。

「安心しろ。わたしではない」

「じゃ、誰が……？」

「真相を聞いても、屋根裏に戻ると言いださないなら、この家の持ち主のことを教える」

凪は黙って頷いた。

レオニードが所有者じゃないなら、まだ自分の甘えを許すことができる。

「この家はわたしの祖母のものだ」

「えっ、お祖母様《ばあさま》の？」

「祖母はロシア人だ。わたしがレオナルドではなく、レオニードと呼ばれているのも、この祖母がいたからだ」

凪は話を聞きながら、納得した。

不思議な響きだと思っていたが、やはり呼び方はロシアふうだったのだ。

「それで、お祖母様は今どちらに？」

「生まれた国が懐かしくなったのか、しばらくサンクトペテルブルクで暮らすそうだ」

レオニードは極上の笑みを浮かべながら、さらに凪を引きよせる。そして軽く腰をかがめたレオニードに凪はすぐに唇を塞がれた。

キスはどこまでも甘く、凪は幸せな気分に浸った。

もしかしたら、レオニードは急いでここを整えさせたのかもしれない。何故なら、とても居心地がよさそうだけれど、この家はきれいすぎて、ほとんど生活臭というものがしない。

それでも凪はもういやだと言うつもりはなくなっていた。

レオニードにこれだけ気遣われ、愛されている。それなのに、いやだなんて言えない。

「何もかも……ありがとう」

口づけから解放され、凪は吐息をつくように伝えた。

軽くキスされただけなのに、頬が熱くなっている。恥ずかしさでまぶたを伏せようとした時、窓から突然強めの風が吹きこんできた。

いたずらな風は、レースのカーテンを揺らし、凪の黒髪にその裾が被さってしまう。

「あっ」

凪は急いで払いのけようとしたのだが、レオニードに手をつかまれて動きを止められた。

「そのままでいい」

「レオニード……？」

食い入るように見つめられ、凪はさらに心臓の音を高鳴らせた。

「ナギ、おまえを愛している。死が二人を分かつまで……いや、死してのちも永遠に……この指輪をその証としておまえに贈ろう」

レオニードにつかまれているのは左手だった。驚きで息をのんでいると、その左手の薬指に、するりと金色の細い指輪が填められる。

左手の薬指……それは特別な場所だ。

熱い告白と神聖な誓い……その証となる金の指輪が左手の薬指にある。

これは結婚の誓約と同じ。レオニードは凪を一生の伴侶にすると誓ってくれたのだ。

「レオニード……ぼくも……ぼくも愛してます……あ、あなたを、一生……」

凪は懸命に伝えたが、涙が溢れ、あとは声にならなかった。

レオニードは凪の涙を長い指で拭って、そのあと恭《うやうや》しく薬指に填められた指輪に口づけた。

やわらかく微笑まれると、また新たな涙がこぼれてしまう。

「ナギ、知っているか？　頭にレースを被ったおまえは、可憐な花嫁そのものに見える。それなのに真珠《しんじゅ》のような涙までこぼすとは、わたしの限界を試しているのか？」

「え？」

問い返した次の瞬間、凪の身体はふわりと抱き上げられていた。

ベールの役目を果たしていたレースのカーテンが、するりと黒髪の上を滑り落ちていく。

レオニードは凪を横抱きにしたままで室内を横切り、廊下側にあったものとは別のドアを開け放つ。続き部屋は倍ほどの広さで、ベッドも立派なものが置かれていた。きっとこちらが主寝室なのだろう。

「ここは？」

「わたしの部屋だ」

「え？　レオニードの？　……だって……」

不審を覚え、問いつめようと思った時、凪の身体はもうベッドの上に横たえられていた。

レオニードは笑みを浮かべたままで凪を閉じこめるように両手をつく。

「留守番が一人だけだと言った覚えはないぞ」

「そんな……」

結局は最初から全部計画的だったのだ。

でも、苦情を言う暇もなく、レオニードの手が動き始めてしまう。

「だ、駄目です！　レオニード……ここはまだっ……それに、こんな明るいうちから、いやだ」

「何を言う？　結婚の誓いが終われば、次に来るのは初夜だ。そのあとには蜜月も続く。時を無駄にはできない」

抗ったところでレオニードには敵わない。凪はあっと言う間にジャケットを脱がされ、シャツも乱された。

キスされた時からずっと火照《ほて》っていた肌に手を滑らされると、身体の芯までじわりと熱くなってしまう。

「あっ……ふ……っ」

レオニードの指が、乳首の先端を掠めた瞬間、凪は大きく胸を上下させた。つんと尖った乳首を指でつまれると、頭から爪先まで痺れるような刺激が走り抜けていく。レオニードはそのまま下腹まで手を滑らせてきて、布地を押し上げていたものをやわらかく握りしめた。

「すっかり感じやすくなった。本気でいやというわけではなさそうだ」

「やっ……言わないで」

凪はふるふるかぶりを振りながら、自分の手で両耳を塞いだ。

反応の早さを暴かれるのが恥ずかしくてたまらない。それでもレオニードの手が下着の中まで潜りこんできただけで、どくりとまたそこに熱が溜まってしまう。

「愛している、ナギ……愛している」

レオニードは凪が耳を塞いでいるのを知りながら、何度も熱っぽく囁いた。

どんなにしていても、まったく聞こえないということはない。それが愛の囁きならば、なおのこと。

凪は胸を震わせながら、とうとう自分からもレオニードの手を伸ばして抱きついた。

身体を預けてしまえば、もうあとは好きにされてしまう。

レオニードは手早く凪の下肢を剥きだしにして、張りつめたものを口中に収めた。

「ああっ……あっ」

先端だけをくわえられ、いやらしくちゅうっと吸い上げられる。たったそれだけのことで、凪は極めてしまいそうになる。

我慢できずに腰を揺らしていると、その隙にレオニードの指が後孔を探ってくる。

「もう欲しいのか？　ずいぶんはしたない花嫁だ」

「やっ、違う……っ」

愛を誓ってもらえたことには心の底から嬉しかったけれど、花嫁にたとえられるのはやっぱり恥ずかしい。それに、快感で潤んでしまった目を見開くと、レオニードはまだネクタイさえゆるめていない。

凪は自分だけが煽られる悔しさで、思わずストライプのネクタイを引っ張った。

驚くほど簡単に結び目が解け、レオニードもほんの少し淫らな雰囲気になる。

「やっぱり催促か？」

ふわりと微笑まれ、凪は一段と赤くなった。

違う、とは言いきれない。

これ以上ないほど真摯に告白されて、誓いの指輪まで捧げてもらった。

それをどれほど嬉しく思っているか。

そして、レオニードのそばにいられることが、どれほど幸せか。

熱く抱き合うことでその気持ちを伝えるのは、ごく自然なことだ。

身体を繋げれば、今よりもっと完全に一つになれることも知っている。

凪は羞恥を堪え、真っ直ぐにレオニードを見つめた。

「愛してます、レオニード。だから、抱いてほしい……いつまでも、ぼくを離さないでほしい」

「ナギ……愛している」

レオニードは凪の手をとらえ、厳かに誓うように填められたばかりの金の指輪に口づける。

凪は胸いっぱいの幸せに浸りながら、唇を震わせた。

そこから先の行為はますます激しさを増すだけだ。

レオニードは自らシャツを脱ぎ捨てて、再び凪の上に覆い被さってくる。凪は両足をあられもなく広げさせられた。レオニードと肌を密着させながら、指で後孔も探られる。

長い指が中まで潜りこみ、一番弱い場所をくいっと抉られた。

「ああっ」

鋭い快感が突き抜けて大きく腰が浮く。間に挟まれた中心も強く擦れて、思わず達してしまいそうになった。

レオニードの指をくわえこんだ後孔が、熱くとろけていやらしく勝手にうごめいている。

「ナギ……かわいいナギ……」

耳朶を甘噛みされつつ囁かれると、身体中がさざ波のように震えてどうしようもない。

「レオニード……もう、駄目……は、早く……っ」

凪はねだるように腰を揺らしながら、切れ切れに訴えた。

羞恥など感じている余裕はない。早く身体の一番奥までレオニードで満たされたい一心だった。

「本当にわたしを煽るのがうまくなった」

レオニードは怒ったように言いながら、指を引き抜く。

次には腰をつかまれ、うつ伏せにされた。後ろからレオニードを受け入れる体勢だ。

「あっ」

いきなり熱く張ったものが、とろけた蕾に押しつけられて、凪は鋭く息をのんだ。

レオニードの姿が見えないので、動きの予測がつかない。

そして、覚悟を決める暇もなく、その太い灼熱が奥までねじこまれる。

「ああ……あ、くっ……んっ」

ひどい圧迫感と割り開かれる恐怖を、凪は懸命に息を継ぐことで堪えた。

「ナギ、おまえの中は熱くてとろけてしまいそうだ」

熱っぽい言葉とともに、レオニードがぐいっと腰を入れてくる。

「あ、あぁ……」

最奥までみっしりと貫かれ、凪は白い喉をさらしながら仰け反った。

逞しいレオニードが一番深い場所まで達している。これで完全に一つに繋がったのだ。

後ろから手をまわされて、張りつめたものを握られる。ゆるゆる擦られただけで、凪はレオニードをくわえこんだ腰を大きく震わせた。

「ああっ」

尖ったままの乳首にも触れられ、身体中を走った愉悦で、ぎゅっとレオニードを締めつけてしまう。

気持ちがよくて死んでしまいそうだった。なのにレオニードが太い切っ先で一番感じやすい場所を抉るようにゆっくりと出し入れを開始する。

「ナギ、これから毎日二人きりの蜜月だ。いいな?」

後ろから届いた声で、さらに身体中の熱が上がった。

これから毎日……ずっとレオニードに愛されて……。

ちらりと想像しただけで、目が眩みそうになる。

「ああっ、あ……くっ」

凪は恐ろしいほどの悦楽を刻まれながら、ただ嬌声を上げ続けるだけだった。

── FINE ──

あとがき

『身代わりの蜜月』をお手に取っていただき、ありがとうございます。

久々のクロスノベルスで、久々のロマンス系。となれば、やはり健気《けなげ》で一生懸命に生きている青年が主人公になります。このところ他社作品では強気受け主人公が多かったので、純粋無垢な凪《なぎ》はとても新鮮で、書いていて楽しかったです。攻め様のほうは優しいマフィア。本来なら強引傲慢系が王道なのだと思いますが、今回は包容力のある攻め様ラブということで。

そして同時収録の後日談は、某ホテルのカフェで担当様と打ち合わせ中に、お題をいただきました。何故か横にチャペルがあったので、テーマが「結婚式」「指輪」「レースのカーテンをベール代わりに」となったのです。なので、ほんとに甘いお話となっております（笑）。

イラストは六芦《りくろ》かえで先生に描いていただきました。凪がイメージどおりにかわいくて、レオニードも素敵です。本当にありがとうございました。

担当様をはじめ、制作に携わっていただいた方々、本当にお世話になりました。そして本書をお読みくださった読者様も、ありがとうございました。ご感想やリクエストなど、心よりお待ちいたしております。

秋山《あきやま》みち花《か》　拝

CROSS NOVELS既刊好評発売中

一生おれのそばにいる覚悟はあるか？

盟約によって結ばれた服従関係

極道の犬

秋山みち花

Illust ヤマダサクラコ

「俺の身体は、おまえのものだ」
若くして組を継いだ怜史の傍らに常に侍る男・門倉。犬のように忠実に仕える男と怜史の関係が対等になるのは、ベッドの中だけだった。沈着な男の、骨まで喰らいつくそうとするかのような愛撫に乱れながらも、怜史にとってこのセックスは、門倉の忠節に対する餌でしかなかった。しかし、組長継承に異を唱える輩に怜史が命を狙われた時、初めて犬は命令に背いた。自分を護るために――!?

CROSSNOVELS好評配信中！

携帯電話でもクロスノベルスが読める。電子書籍好評配信中!!
いつでもどこでも、気軽にお楽しみください♪

QRコードで簡単アクセス！

雪花の契り

秋山みち花

裏切りの代償は、その身体だ。

「帰ってきたよ――おまえに復讐するために」
花房伯爵家の跡取り・薫の前に現れたのは、かつての親友であり、忘れられない男・桂木だった。学生時代、薫の父の商略により桂木家は破産。全てを失い単身アメリカへ留学する彼を、薫は物陰から見つめるしかなかった。八年後、艶めく容姿の薫とは対照的に精悍な風貌となって男は戻ってきた――瞳に憎悪の光を宿して。複雑な想いを胸に秘めた薫は、憎しみをぶつけるような口づけに翻弄され!?

illust 北畠あけ乃

極道の犬

秋山みち花

一生おれのそばにいる覚悟はあるか？

「俺の身体は、おまえのものだ」
若くして組を継いだ怜史の傍らに常に侍る男・門倉。犬のように忠実に仕える男と怜史の関係が対等になるのは、ベッドの中だけだった。沈着な男の、骨まで喰らいつくそうとするかのような愛撫に乱れながらも、怜史にとってこのセックスは、門倉の忠節に対する餌でしかなかった。しかし、組長継承に異を唱える輩に怜史が命を狙われた時、初めて犬は命令に背いた。自分を護るために――!?

illust ヤマダサクラコ

春暁

いとう由貴

ひらひらと降り積もる、恋の欠片

十歳になった日、広瀬家跡取り・秋信の愛人として囲われた深。鎖に繋がれ監禁陵辱される日々に少しずつ壊れてゆく深を支えていたのは、秋信の弟・隆信との優しい思い出だけだった。だが十六年後、隆信は逞しく成長して現れた――肉欲に溺れ母を死に追いやった兄と、深に復讐する為に。彼は兄から深を奪い、夜ごと憎しみをぶつけるように蹂躙した。身体は手酷く抱かれながらも、深の心は少年だった頃の隆信の記憶に縋ってしまい……。

illust あさとえいり

CROSS NOVELSをお買い上げいただき
ありがとうございます。
この本を読んだご意見・ご感想をお寄せください。
〒110-8625
東京都台東区東上野2-8-7　笠倉出版社
CROSS NOVELS 編集部
「秋山みち花先生」係／「六芦かえで先生」係

CROSS NOVELS

身代わりの蜜月

著者
秋山みち花

2010年6月23日　初版発行　検印廃止

発行者　笠倉嗣仁
発行所　株式会社　笠倉出版社
〒110-8625　東京都台東区東上野2-8-7　笠倉ビル
[営業]TEL　03-3847-1155
FAX　03-3847-1154
[編集]TEL　03-5828-1234
FAX　03-5828-8666
http://www.kasakura.co.jp/
振替口座　00130-9-75686
印刷　株式会社　光邦
装丁　磯部亜希
ISBN　978-4-7730-8510-5
Printed in Japan

CROSS NOVELS